I SKUGGAN AV LEGENDER

Ur Byrån för ovanliga händelsers arkiv 5

I skuggan av legender

HÅKAN BORG

Förlag: BoD · Books on Demand, Östermalmstorg 1,

114 42 Stockholm, bod@bod.se

Tryck: Libri Plureos GmbH, Friedensallee 273,

22763 Hamburg, Tyskland

Omslag: Linda Axelsson

ISBN: 978-91-8080-950-4

Prolog

Skotska högländerna år 1946

Som en liten ekorre satt han uppflugen i den gamla ekens lummiga grönska. Med bultande hjärta väntade han ivrigt på att natten skulle infinna sig. Det var svårt att tro att änkan skulle ha rätt nu när han såg ut över hedens böljande gräs. Ett förlupet får betade lugnt ett hundratal meter från hans utkiksplats men i övrigt var heden tom. Han hade hört historierna så många gånger och nu ville han se om den gamla kvinnan talade sanning. Nere i byns lilla pub brukade änkan Lewyne berätta om älvornas dans uppe på dimmornas hed. Trevor hade lyssnat med fladdrande öron och stora ögon när hon målande beskrev hur de ljuva nymferna bildade virvlar i dimtäcket över hedens vidsträckta landskap. Nu när han fyllt tolv år hade han slutligen bestämt sig för att han var gammal nog för att våga sig upp till det förbjudna området. Cykeln hade han gömt nere vid vägen bakom den skylt som talade om att det var förbjudet att lämna vägbanan. Tydligen hade militären redan under förra kriget använt heden som testområde för olika typer av bomber. Han var inte helt säker men misstänkte att de använt området för samma ändamål även nu under det här kriget. Skylten nere vid vägen påstod att det var livsfarligt att närma sig platsen men gamla bomber borde väl vara förstörda vid det här laget? Det spelade hur som helst ingen roll, han skulle inte gå ut på heden. När han klättrat en stund på den smala stigen hade han ganska snart passerat en andra och mycket äldre förbudsskylt. På den rostiga plåtskivan stod det *"Förbjudet att passera denna punkt i enlighet med 1914 års beslut. Militärt område"*.

Kanske berodde det på hans iver att hinna fram innan skymningen eller också på hans okunnighet om urgamla språk. Under klättringen passerade han nämligen flera rader med stenar som även de varnade för farorna som lurade högre upp. De sista var skrivna i runskrift och hade för länge sedan vält. Den unge Trevor märkte dem inte ens. Nu använde han de flata stenarna som trappsteg utan att för ett ögonblick reflektera över att de var översållade av konstiga tecken. Gumman hade åtminstone haft rätt när hon sagt att det stod en urgammal ek i kanten av heden. En känsla av lättnad genomfor honom när den knotiga eken kom inom synhåll. Änkan hade nämligen med bestämdhet hävdat att man var tvungen att vara högt över marken när natten föll.

 " Du måste vara så högt upp att de inte kan nå dig annars kommer älvorna locka ner dig i underjorden när morgonen gryr", brukade hon säga med en bister rynka rakt över pannan.

När himlen färgades rosa och solen doldes bakom bergen steg dimman upp ur hedens svarta mylla. Den lade sig som ett täcke så långt som Trevor kunde se. Fåglarna tystnade i samma stund som månen steg upp ur havet i fjärran. Det var precis i det ögonblicket som han såg den första virveln. Med blossande kinder och håret på ända följde han varje ny virvel med blicken. Det var precis som änkan hade förklarat det. Även varningen om att det kunde vara farligt hade visat sig stämma. Han hade nästan ramlat ur trädet när han såg hur flera virvlar närmat sig den plats där fåret tidigare befunnit sig. Ett desperat bräkande som övergick i ett kort skrik antydde att något dramatiskt hade hänt. Älvorna hade kanske fångat djuret och tagit det med sig det när de drog sig tillbaka ner i underjorden. Han rös till av obehag men från sin plats uppe i trädet kunde han dock tryggt fortsätta att njuta av virvlarnas dans. För en kort sekund funderade han på att smyga ner och hälsa på någon av de magiska dansarna. Kanske var älvornas underjordiska rike en fantastisk plats där alla var lyckliga och levde i överflöd? Det fanns dock ett kanske med i resonemanget och det var det som fick honom att sitta kvar.

När solen åter visade sig hade han klättrat ner och förundrat sett ut över heden. Nu var den tom och allt som rörde sig var gräset som böljade i den lätta brisen. Den tidigare så täta dimman hade skingrats av solens värmande strålar och var nu helt försvunnen. Av fåret syntes inte så mycket som ett spår. Det hade varit en magisk upplevelse att se hur dimman virvlat runt i dansen. Det enda han inte var riktigt nöjd med var att älvorna inte hade visat sig utan endast fått dimman att följa med i deras märkliga dans. Han tyckte sig förvisso ha sett en hand som hastigt sträcktes upp ur dimman under nattens första timmar men det kunde inte stämma. I hans fantasi skulle en älva ha smala och vackra händer. Den Trevor tyckte sig ha sett hade varit stor, slemmig och klumpig. Han skakade av sig sina tvivel. Dimman hade förmodligen förvrängt det hela. När han i framtiden berättade om vad han sett skulle det hur som helst ha varit en smal och vacker hand.

1. Nordens mörka skogar

Gubben var helt makalös. Som en ljudlös vind drog han fram genom skogen utan att minsta ljud hördes. Jan Junior såg med förundran på sin morfar när denne sökte av marken framför dem. Jan den äldre mumlade något för sig själv innan han vände sig till sitt unga barnbarn.

– Vi förföljer den inte längre än så här. Den rackaren har passerat bäcken och fortsatt upp i bergen. Med tanke på att solen är på väg upp kommer den snart att rulla ihop sig för att sova. Vi passar på att slå läger här där vi har friskt vatten och plan mark.

Han sträckte på sig så att det knakade i ryggen. Den kraftfulla bågen var redan avsträngad och förpassad ner i sin väska. Nu fick även Junior stränga av sin båge och sätta ner sin packning.

Ynglingen satte sig tungt och kliade sig under näsan samtidigt som han med en frågande blick såg på den äldre mannen.

– Kommer den att komma tillbaka eller återvänder den upp i storskogen nu?

– Den försvinner inte så länge det finns höns kvar nere i byn. Det är mycket sannolikt att den kommer att komma tillbaka men just nu befinner den sig där den hör hemma.

Ett hasselbackstroll utgör ingen omedelbar fara om det befinner sig uppe i skogen. Du och jag kommer inte att följa efter den längre. Vi sover här och kollar spåren i kväll. Fortsätter den upp i skogen kan vi vända och gå hem. Junior sneglade upp mot granskogen och såg lite fundersam ut. Han tvekade en lång stund innan han slutligen öppnade munnen:

– Det är väldigt långt till stugan. Finns det ingen busshållplats i närheten?

Reaktionen blev överraskande häftig när morfar snodde runt och gapade som en fisk.

– Buss, vill du åka buss när det bara är en dagsmarsch till stugan? När din mamma var i din ålder kunde vi gå i en vecka för att komma dit vi skulle. Sedan tog det en vecka till för att komma hem igen.

Jan muttrade irriterat när han plockade upp maten ur sin packning.

– Det är inget fel med att röra på sig. Folk i allmänhet borde göra det lite oftare i stället för att hålla på med en massa konstigheter. Bara en sådan där sak som att människor nu för tiden ska envisas med att flyga. Vi borde inte ens försöka oss på något sådant. Faktum är att det var precis det jag sade till de där tokiga bröderna. Vad var det de hette nu? Hm, ja just det, bröderna Rätt. Så var det.

Junior kunde inte låta bli att le trots att han kände sig

skamsen. Visst hade det varit pinsamt att bli kallad lat (morfar hade inte sagt precis så men det var förmodligen vad han menat) men morfars flygrädsla var legendarisk. En av världens modigaste trolljägare, och han var livrädd för att flyga. Den skamsna känslan gled dock av Junior som smör i en het panna när han slutligen insåg vad det var morfar precis hade sagt. Ögonen vidgades långsamt och munnen blev till en förvånad cirkel. Det tog en god stund innan han klarade av att ställa den ganska uppenbara frågan:

– Vänta ett tag, menar du bröderna Wright? De riktiga bröderna Wright?

Jan vände sig förvånat om och tycktes tänka efter.

– Jo just det, Wright. Tänkte inte på att det var när jag var i USA för första gången. Jo naturligtvis hette de Wright. Tokiga stollar som med hjälp av några tunna pinnar och en rulle tyg försökte bygga en maskin som skulle kunna flyga. Riktiga galningar båda två. De trodde på fullaste allvar att människans framtid låg i luften.

Jan skakade tankfullt på huvudet innan han muttrade för sig själv:

– Vilka dårar det finns i världen.

Junior tänkte för ett ögonblick protestera men insåg ganska snabbt att det inte skulle löna sig. Bröderna Wright hade kanske inte varit riktigt så tokiga som morfar ansåg. De hade ju trots allt lyckats med sina experiment och på så sätt blivit de första att flyga med en motordriven maskin. Nu visste Junior att morfar inte ansåg att flygmaskiner var någon bra uppfinning så han bet ihop. Någon gång skulle han dock försöka få höra historien om vad som hände den där gången då morfar träffade bröderna Wright.

När gryningen fick himlen att glöda sov Jan djupt. Junior samlade tyst ihop sina saker och tassade försiktigt över bäcken. Han tänkte minsann visa att han inte var lat. Morfar skulle nog bli rejält förvånad när han fick reda på att Junior på egen hand spårat upp och dödat hasselbackaren. Spåren var svåra att tyda i den steniga terrängen men Junior hittade de få tecken som fanns och likt en blodhund smög han sakta efter odjuret. Det var precis som Jan hade sagt, en hasselbackare utgjorde inte något överhängande hot för en vuxen människa. För att vara en art av stentrollsfamiljen var de i det närmaste harmlösa. Visst hände det att de glufsade i sig en människa då och då men då handlade det nästan alltid om små barn. Junior hade aldrig hört talas om att en vuxen blivit uppäten av en hasselbackare. Med tanke på att de tillhörde samma familj som stenbitstroll och bergtroll så var de på det hela taget ofarliga. Att Junior betraktade sig själv som vuxen var kanske att ta i. Han skulle snart fylla 13 år och var än så länge fortfarande ett barn, åtminstone i alla andras ögon.

Fåglarna kvittrade som galna och solen hade redan passerat sin högsta punkt på himlen när Jan vaknade. Han stäckte på sig och kliade sig frånvarande i håret. Det knakade oroväckande högt när han gäspade och sträckte på sig. Nu skulle han koka lite kaffe och göra frukost innan han väckte Junior. Han tog några få steg mot bäcken för att hämta vatten när han plötsligt stannade. Vaksamt vädrade han i luften och stirrade över vattnets glittrande yta. Mänskliga fotspår syntes tydligt i gräset på andra sidan bäcken. Han vädrade i luften igen men visste redan vad han skulle se när han vände sig om. Junior var borta tillsammans med alla sina saker. Pojken hade smitit i väg och att döma av vittringen hade han lämnat lägret för flera timmar sedan. Jan vände sig om igen, spåren försvann in i den glesa granskogen och vidare upp mot bergen. Han svalde hårt och bet sig tankfullt i underläppen. Junior hade fortsatt efter hasselbackaren på egen hand och det var något han ännu inte var redo för. Pojken hade inte ens fått en lärlingsplats och då hade han inte den kunskap som behövdes för att ge sig på ett troll. Det tog bara ett par minuter innan en ljudlös gestalt i full rustning rusade över bäcken och försvann in mellan granarna.

Junior satt uppflugen på en stor sten i väntan på att kvällen skulle övergå i natt. Odjurets spår hade slutat vid ett rejält stenröse vilket med stor sannolikhet betydde att någon av stenarna i röset var ett sovande troll. Nu var det bara att vänta tills det började röra på sig för att se vilket av alla dessa grå klippblock som var det faktiska trollet. Junior hade lämnat sin packning och båge i en liten trädklyka innan han satte sig ner för att vänta. Historierna om hur hans mamma dödat ett kärrtroll när hon var i hans ålder ekade i hans huvud och fick honom att drömma om egna stordåd. Han var visserligen mycket duktigare med bågen än med svärdet men ett hasselbackstroll var inte i närheten av att vara så farlig som ett kärrtroll så han skulle nog klara sig bra med bara svärd. Nu var det äntligen hans tur att få visa vad han klarade av.

Det började som en lätt vibration under hans fötter. Först förstod han inte vad det var som hände. Det tog dock ingen lång stund innan han insåg att han lyckats med konststycket att sätta sig på den enda stenen i hela röset som faktiskt inte var en riktig sten. Han hade suttit och väntat på att ett sovande troll skulle vakna uppe på det som visade sig vara just ett sovande troll. Odjuret däremot hade genast upptäckt vad som satt på dess rygg. Det ändrade försiktigt ställning för att i nästa ögonblick vildsint slå ut med sin ena labb.

Junior hann få upp svärdet till hälften innan hela hans värld exploderade i smärta och förvirring. En stenhård näve träffade honom i bröstet och slungade i väg honom som en trasdocka. Hans till hälften dragna svärd for ur skidan och försvann skramlande ner på andra sidan av stenhögen. Junior slog ner med en hård duns när han, efter vad som verkade vara en evighet, träffade marken. Den våldsamma kollisionen med packad jord fick honom att tappa andan. Han flämtade för att försöka få ner den förlupna luften i sina lungor igen. Trollet väntade inte på att han skulle återfå kontrollen. Det kastade sig upp och skakade ursinnigt på sig innan det återigen gick till anfall. Junior lyckade inte ens komma på fötter innan besten var över honom. För andra gången på en väldigt kort tid bjöds han på en våldsam om än ganska kort flygtur. Den här gången smällde han in i ett träd. Hade han inte haft rustning på sig hade han förmodligen inte överlevt den våldsamma sammanstötningen med en bastant grans sträva stam. Han var fortfarande vid medvetande när trollet slutligen lyfte honom i fötterna och öppnade sin stinkande käft för att låta honom göra de sedan tidigare uppätna hönsen sällskap.

Jan hade med lätthet följt pojkens spår. Det var som om han inte ens försökt att dölja dem. Han kunde inte låta bli att imponeras av pojkens beslutsamhet och skrockade för sig själv; det kanske var dags att låta Junior få ta sig an sitt första troll? Pojken hade ju faktiskt visat att han var villig att försöka. Jan drog medvetet ner på tempot och lät Junior få lite mer tid på sig. Han behövde inte vara allt för orolig. Junior var tolv år och gammal nog att ta vara på sig själv.

Det var först när han såg den gömda bågen som han började bli orolig. En första kall kår drog över ryggraden när han insåg vilket misstag pojken gjort. Junior hade varit dum nog att lämna kvar sitt bästa vapen. Även om hasselbackare inte tillhörde de farligaste trollen så var det otroligt dumt att ge det en sådan här fördel. Solens bländande strålar hade försvunnit bakom skogens grönska och Jan visste att odjuret snart skulle vakna. Med orolig blick såg han sig omkring i det tilltagande mörkret. Han ökade takten och höll blicken fäst vid marken där pojkens spår fortfarande syntes tydligt. Några sekunder senare flög han fram. Ett högljutt skrammel av rustning som träffades av något hårt hördes från andra sidan av åsen. Pojken hade hittat trollet och det lät inte som om det hade gått särskilt bra.

Junior flämtade efter luft och försökte få ordning på sina tankar när han hängde och dinglade i bestens ena labb. Förtvivlat famlade han efter sin dolk samtidigt som han förbannade sig själv för att han inte varit mer uppmärksam. Han liv skulle ta slut i samma ögonblick som besten slukade honom. Innerst inne visste han att dolken inte var till någon nytta. Den saknade den lilla men ack så viktig ekkvisten. Att sticka en dolk i ett troll har ungefär samma effekt som att sparka på ett getingbo. Det kan kännas bra i stunden men allt man egentligen gör är att skapa en hel massa nya och allt igenom smärtsamma problem. Junior hade dock inga andra idéer utan fortsatte att treva efter kniven. Hans huvud var nästan inne i bestens gap när hans hand slutligen slöts kring dolkens skaft. Med förnyat hopp drog han vapnet och stötte det rakt in i odjurets mun. Han hade hoppats att besten skulle bli så pass distraherad att han skulle få en möjlighet att komma loss. Det blev inte så. Till hans oförställda förvåning drog besten ihop sig till en boll och började genast att förstenas. Själv föll han med huvudet före rakt ner i marken. Först satte han sig bara upp och gned sitt ömmande huvud. Sedan slog det honom att trollet faktiskt hade dött. Häpet såg han mellan dolken och det döda odjuret helt oförmögen att ta in vad som hänt. Under hela sitt liv hade han fått höra att det krävdes en sotad ekkvist inkilad i bladet för att döda en hjärtlös. Nu satt han här med en helt vanlig kniv i handen och ett dött troll vid sina fötter. Långsamt och gnyende av smärta kravlade han sig upp på fötter. Med stor försiktighet stappla han fram mot det nu nästan runda trollkadavret. Det var först när han kom runt på andra sidan av det stenliknande kadavret som han förstod vad som hänt. En svart pil stack ut ur "stenen" och annonserade att han inte längre var ensam. Han vred långsamt på huvudet och såg upp mot grusåsens kam. Morfar stod där med bågen i handen och en ny pil på stängen som om han förväntade sig att trollet plötsligt skulle hoppa upp och börja leva igen. Junior hade försökt visa att han kunde klara sig själv och hade misslyckats kapitalt. Skammen som sköljde över honom gjorde det ännu svårare att andas.

2. Sagor och berättelser

Maggi satt uppkrupen i hörnet av den enorma soffan inne
på byns enda pub. Hennes pappa spelade kort i andra änden
av lokalen och verkade redan ha fått i sig mer öl än han
tålde. Med en djup suck insåg hon att den här dagen skulle
sluta på precis samma sätt som de flesta andra. Hon skulle
få hjälpa honom hem och bara få hotelser och hårda ord i
belöning. Just nu brydde hon sig dock varken om sin pappa
eller hur kvällen skulle sluta. Hennes odelade
uppmärksamhet var riktad mot Trevor Reeves och hans
spännande historier. Den rynkige gamle mannen berättade
återigen om den gången då han sett älvorna dansa på
dimmornas hed. Hon hade hört historien många gånger
förut men älskade när han berättade om hur han sett en
älvans nätta hand och sträckt sig ner för att röra vid den.
Trevor ändra alltid lite i historien men de gånger han
berättade om hur älvan smekte hans hand och leende såg
upp ur dimman var hennes favorit. Han hade alltid ett
drömlikt uttryck i ögonen när han berättade om hur älvans
vackra leende sköljt bort alla problem han någonsin haft i
sitt liv. Maggi hade massor av problem som hon inte skulle
ha något emot att få bortsköljda. Med handen dold innanför
filten räknade hon sina största problem på fingrarna. Ett,

mamma dog. Det var förvisso mer åt hållen av en förlamande och fruktansvärd katastrof än ett problem men det var ändå den händelsen som skapade alla andra problem. Två, pappa tog inte mammas död särskilt bra och började dricka. Tre, tack vare spriten var han inte längre någon pålitlig pappa. Skärpte han inte till sig skulle hon snart tvingas flytta till ett ungdomshem. Fyra, hon hade inte en enda vän i byn. Fem, pappa hade slutat att jobba och pengarna började tryta. Även detta berodde på den förbaskade spriten. Det fanns säker fler anledningar att oroa sig med det var de här sakerna som verkligen betydde något. Hon hade precis fyllt 13 år och hade för länge sedan slutat att tro på sagor och magiska väsen men bara tanken på att en älvas leende skulle kunna få alla bekymmer att försvinna lockade henne. Gubben Trevor hävdade dessutom att vart enda ord i hans berättelser var sanningarnas sanning. Hon kunde inte låta bli att hoppas att det faktiskt var så. Någon gång skulle hon bege sig till den förbjudna heden för att se om det fanns ens ett spår av sanning i hans underbara berättelser. Hon visste att hon inte borde tro på dem men hon kunde helt enkelt inte sluta att hoppas. Var en enda stavelse sann av vad han berättade så skulle det vara bättre än hur livet såg ut nu.

De hade gått i en timme när Junior plötsligt vände sig om

och ställde frågan som gnagt inom honom sedan mötet med trollet.

– Om den hade lyckats äta upp mig så skulle du ha kunnat rädda mig, eller hur? Jag menar, hasselbackare slukar ju bytet helt och om du varit i närheten och sett att den ätit upp mig hade du då kunnat göra något?

Jan log ett snett leende och tänkte efter innan han svarade:

– Både ja och nej. I teorin går det att rädda någon som precis blivit uppäten av ett troll men i praktiken är det en helt annan sak. Hamnar du i magen på ett troll måste den som ska rädda dig sprätta upp buken på trollet utan att döda det. Du vet vad som händer om ett troll dör, eller hur?

Junior suckade tungt innan han pliktskyldigt svarade:

– Det rullar ihop sig och förstenas. Men om man använder ett svärd utan ekkvist då?

Jan nickade instämmande men verkade inte riktigt nöjd. Han lät väldigt pedagogisk när han fortsatte:

– Mm, men de flesta trolljägare bär inte med sig ett sådant svärd och då är det alltså bara dolken som återstår. Det är för övrigt nästan omöjligt att sprätta upp ett troll utan att skära sönder den som ligger i magen. För att inte tala om hur trollet kommer att reagera om man försökte karva i det medan det fortfarande skuttade runt. Man får nog anta att det inte kommer att gå med på det frivilligt. Skulle man av någon outgrundlig anledning lyckas med att få ut den uppätne hel så skulle offret behöva sköljas av illa kvickt. Troll har nämligen en väldigt sur magsyra som fräter något alldeles förskräckligt. Hade du hamnat i bestens mage och jag lyckats få ut dig i ett stycke hade du snabbt som blixten legat i smältvattenbäcken. En ordentlig avsköljning är avgörande för att inte bestående brännskador ska uppstå på offrets kropp.

Nu talar vi dessutom om att rädda en av oss vidsynta. Då skulle det som sagt vara möjligt om än otroligt svårt. Skulle vi hamna i samma läge när det gäller en trygg är det lika bra att låta bli.

Jan gick långsamt vidare utan att märka Juniors chockade ansiktsuttryck. Ynglingen kunde inte tro att han hade hört rätt.

– Vänta ett tag nu. Menar du allvar? Skulle vi låta en människa dö bara för att människan i fråga råkade vara en trygg? Vår uppgift väl att skydda de trygga från det de inte kan förstå?

Jan stannade förvånat och vände sig om. Han fick något överseende i blicken och satte sig på en mossbeklädd sten. Med ena handen klappade han uppmanande på stenen och suckade tungt innan han började sin lektion.

– Kom och sätt dig så ska jag förklara. För länge sedan, långt innan jag var född hände det faktiskt att byråns jägare lyckades rädda en och annan trygg som blivit uppäten. Det var innan städerna dragit till sig alla människor och landsbygden fortfarande var en levande plats. Problemet är det att en trygg som hamnat i en trollmage och blivit räddad plötsligt inser hur verkligheten ser ut. Människorna som räddades var vana vid en usel och tråkig tillvaro där det mesta lutade mot eländets brant. Efter ett besök i en trollmage insåg de helt plötsligt att deras liv inte bara var uselt och eländigt utan också att det fanns odjur ute i skogarna som också gjorde det fullkomligt livsfarligt. De brukade sällan vara särskilt tacksamma mot sina räddare. Junior såg nu mer än lovligt förvirrad ut och slog frågande ut med händerna.

– Men vänta, jag förstår inte. Menar du att de trygga plötsligt ser verkligheten som den är? Hur kan en trygg se vad som är verkligt eller inte? De har ju fått lära sig att troll inte finns och då kan de väl inte tro på dem? Man kan ju inte se något som man inte tror på?

Jan väntade tålmodigt ut pojkens frågor innan han fortsatte:

– Det är just det som är problemet. När en trygg håller på att dödas av ett troll öppnas tydligen deras ögon och den slöja som dolt sanningen rämnar. Många av de trygga som räddades under sextonhundratalet brändes dessutom på bål av andra trygga. När de inte längre var blinda för verkligheten såg de både knytt och annat otyg i tid och otid. De flesta kunde tyvärr inte hantera sin nya verklighet utan

försökte envist övertyga sin omgivning om att troll fanns
på riktigt. Trygga är ju ena riktiga tokstollar så du kan ju
tänka dig hur de andra reagerade när de fick höra talas om
att en del människor påstod sig se troll. Dessutom var
kyrkan stark vid den här tiden och de envisades med att
förneka trollens existens. Det kan tyckas lite konstigt då de
inte hade minsta problem med att påstå att det fanns både
häxor och trollkarlar. Med prästerna som ivriga påhejare
dömdes de arma själar som räddats ur trollen käftar till
döden för häxeri. Du har väl ändå hört talas om
häxprocesserna?
Junior var först helt förstummad och kunde sedan bara
stamma:
– Me… Me… Menar du att de först blev räddade av
byråns riddare bara för att sedan bli dödade av andra
trygga? Allt bara för att de haft oturen att hamna i en
trollmage. Är trygga verkligen så galna?
Jan såg upp mot molnen med ett outgrundligt uttryck i
ansiktet innan han sakta nickade och uppgivet svarade:
– Det är ju det jag alltid har sagt. Trygga är inte kloka på
en enda fläck och värst av alla är stadsbor. Vanligt folk
som bor på landsbygden kan vara nog så jobbiga men
stadsbor, de är verkligen galna på riktigt.

När kvällen nalkades var de i närheten av gränsen till svarta skogen. Om någon timme skulle de vara tillbaka vid stugan. Junior gick i sina egna tankar och märkte inte att Jan såg på honom. Han överraskades därför av den plötsliga frågan:

– Hur mår ponnyn då? Är den tam ännu?

Junior ansikte blommade ut i ett stort leende och en plötslig stolthet syntes i hans ögon när han svarade:

– Black mår utmärkt. Han är min bästa vän. Vet du att han kommer när jag visslar och kan stegra på kommando. Jag slår vad om att han skulle klara sig även om jag lämnade honom ute på Doormoorheden mitt i natten. Han är smart och modig och vet precis hur han ska lura ett förföljande troll.

Jan log och förlorade sig för ett ögonblick i tankarna; det hade varit för tre år sedan. Han hade hämtat Junior från skolan i Andalusien för att skjutsa honom hem. Lisa och Tom hade sin bas uppe i de norra delarna av skotska högländerna och det var där Junior brukade tillbringa sitt sommarlov. På vägen hade de stannat till i Wismar för att se om det fanns en valp till pojken. Det hade inte gått så bra. En trolljägarhund väljer sin ägare genom att frivilligt komma fram och visa sitt intresse. Det hade funnit fem valpar i inhägnaden men trots att Junior suttit på knä i över en timme hade inte någon av valparna närmat sig. De hade fått åka vidare utan någon hund. Pojken hade varit helt förkrossad efter det fiaskot. Som tröst hade Jan i stället skickat efter en mongolisk ponny. Naturligtvis hade det varit lättare att köpa en häst från trakten men Jan visste vad han ville ha. En mongolisk häst var van vid troll och annat otyg. De är förmodligen de klokaste hästarna på hela jordklotet och har vuxit upp med spetstandstroll runt knuten. En mongolisk ponny vet inte vad rädsla är. Han visste mycket väl att Lisa skulle bli arg då hon inte var så förtjust i hästar. Till skillnad från henne hade pojken ett fantastiskt handlag med hästar. Han red som om han aldrig gjort något annat och ibland undrade Jan om inte grabben kunde tala med hästarna. Hans leende blev bredare när han tänkte på sin dotter. Lisa kunde inte rida om så hennes liv hängde på det. Otaliga gånger hade de varit på uppdrag där hästar ställts till deras förfogande men Lisa hade varje gång tackat nej. Hon gick hellre till fots. Han skrockade muntert och lade en hand på pojkens axel när de gick vidare mot stugan.

Joanne bet ihop och spände bågen till hälften. Den fördömda besten hade lurat henne en gång för mycket. Nu hade hon äntligen en chans att få till ett avslut på den här besvärliga jakten. Uppflugen på en brant klippkant spanade hon längs pilen och sökte efter sitt mål. Nedanför låg en liten öppning i den glesa granskogen. Ännu var allt tyst och stilla. En liten bäck porlade muntert när den snirklade sig fram utmed gläntans kant. Hon räknade med att odjuret skulle följa vattnet och så småningom kliva ut i gläntan framför henne. Hon hade förföljd den här hasselbackaren i två dagar. Joanne visste mycket väl att hon inte kunde röra sig lika tyst som Jan och att trollet skulle ha hört henne om hon försökt komma i kapp det. Nu hade hon i stället gått runt och gömt sig där hon misstänkte att det skulle komma drällande. Månljuset strilad ner mellan de glesa träden så ljuset skulle räcka mer än väl. När den lätta nattbrisen avtog blev det knäpptyst i skogen. Långsamt och ljudlöst släppte hon av på strängen och lät pilen sjunka. Ett hasselbackstroll hördes på långt håll och var det så här tyst hade det ännu inte kommit inom hörhåll. Hon log ett inåtvänt leende när hon tänkte på hur livet plötsligt hade förändrats. För 20 år sedan hade hennes liv varit en enda röra och i det närmaste förstört. Hon hade förlorat sin morfar då han plötsligt och oväntat dött under tiden då hon var på grundutbildning inom det militära. Den hedervärde gamle mannen hade varit hennes allt. Båda hennes föräldrar hade dött i en bilolycka när hon varit liten och morfar hade då tagit hand om henne. Hans död hade tagit henne hårt. I flera år hade hon blivit betraktad som galen och psykologerna hade övertygat henne om att det hade varit morfars fel. Hennes framtid inom den amerikanska krigsmakten hade gått upp i rök av exakt den anledningen.

Eftersom hon envisades med att påstå sig ha sett varelser som ingen annan sett hade armén först låst in henne på ett mentalsjukhus. Sedan hade de tvingat in henne i en avdelning inom CIA. En grupp där samtliga medlemmar var hämtade från diverse anstalter. Deras uppdrag hade varit att hitta och fånga utomjordingar för att få tag på utomjordisk teknologi. Naturligtvis fanns det varken utomjordingar eller utomjordisk teknologi så allt de hade ägnat sig åt hade varit att jaga fantasifoster. Hennes liv hade inte varit särskilt mycket värt på den tiden. Sedan hade plötsligt Jan dykt upp. Mystisk och spännande, med otroliga historier och gentlemannamässiga manér hade han tagit henne med storm. Första dagarna hade hon bara uppfattat honom som trevlig men efter att han börjat lära henne om livet som trolljägare hade hon funnit honom mer än lovligt spännande. Det roligaste hade varit att han själv inte förstått vilken effekt han hade haft på henne. Joanne fick sätta handen för munnen för att inte fnissa högt när hon tänkte på hans min den där första gången hon kysst honom. Han hade blivit pionröd i ansikte och börjat hacka och stamma som en trasig gammal motor. Ett lågt fniss letade sig ut mellan hennes fingrar: I flera minuter hade han vimsat runt som en yr höna och babblat på som en besatt. Ändå hade han inte fått ur sig en enda vettig mening. Visst var han en hel del äldre än henne men det hade gått att lösa.

Den där vidriga drakbrygden löste vilka åldersproblem som
helst. Hon hade varit 32 år och han hade varit 226. Hon
skakade sakta på huvudet, fortfarande med det inåtvända
leendet kvar på läpparna. Han såg ut som om han var
någonstans mellan 40, 50 år. Otroligt hur väl den där
illasmakande sörjan fungerade. Själv hade hon väntat i
några år innan hon börjat använda den. På så sätt hade hon
kunnat komma i fatt lite grann så att ålderglappet inte blev
lika påtagligt. Leendet bleknade sakta bort och hennes blick
fokuserades åter mot gläntan. En bit upp i skogen hade en
gren knäckts och hon förstod att hon snart skulle kunna
avsluta den här jakten. Ett drumligt hasselbackstroll lufsade
plötsligt fram längs bäckens månbelysta vatten. När pilen
släppts och susade mot sitt mål följde hon den med blicken
samtidigt som hon lätt frånvarande tänkte på Junior. Hon
hoppades att det blev han som fick ta hand om den andra
hasselbackaren de förföljt. Jan var en fantastisk lärare och
pojken hade lätt att ta instruktioner. Det skulle vara
jätteroligt om han äntligen lyckades fälla sitt första troll.
När odjuret nere i gläntan dragit ihop sig till en boll och det
åter blev tyst i skogen reste hon sig från sitt gömställe.
Redan vid det tredje steget knäcktes en liten kvist under
hennes stövel. Hon stannade, himlade med ögonen och
suckade tungt.

– Jag fattar bara inte hur de bär sig åt, muttrade hon

irriterat.

Efter 19 år som lärling hade hon fortfarande inte lärt sig konsten att röra sig ljudlöst. Jan var fantastisk i skogen och Lisa var lika högljudd som en sommarbris men själv hade hon otroligt svårt att lära sig tystnadens konst. Hon vägrade inse att det kunde bero på att hon varit 32 år när hon fick börja som lärling. Med en bister min fokuserade hon på sina fötter och började långsamt röra sig mot stugan. En promenad som normalt skulle ta ett par timmar sträcktes ut och tog större delen av dagen. Trots detta knäckte hon ett dussintal kvistar under sina fötter på vägen hem.

3. Hemma igen

Lisa stod ute på gårdsplanen med bågen i handen när Junior klampade in genom grinden.

– Hej mamma, var allt han sa innan han styrde stegen mot dörren.

Om junior för ett ögonblick trodde att han skulle komma undan med en så enkel hälsningen hade han fel. Lisa släppte bågen och rusade fram till honom. Starka armar slöt sig runt hans midja när hon lyfte upp honom och tjutande av glädje snurrade honom ett helt varv. Det märktes att hon hade saknat sin son.

– Välkommen hem gubben. Var det roligt hos morfar? Vänta, gör mig sällskap vid skjutbanan och berätta allt. Hur mår Jan och Joanne?

Junior suckade men kunde ändå inte låta bli att le åt sin mammas iver.

– Alla mår bra och vi fällde två hasselbackare den sista veckan. De hade röjt runt i byns utkant i ett par nätter. Innan dess hade det varit lugnt vid svarta skogen. Det finns inte så mycket mer att berätta.

Junior utelämnade medvetet allt om hur han nästan slutat som trollfrukost ur berättelsen. Det var förmodligen lika bra att mamma inte fick veta något om den saken. Morfar hade dessutom lovat att den lilla fadäsen skulle förbli deras hemlighet. Han visste alltför väl att morfar hade haft rätt när han sagt; *"berättar man om varje lite misstag som man gör blir mammor alldeles pjoskiga och sedan får man inte göra någonting alls. Det är lika bra att hålla tyst"*. Junior tänkte inte riskera att mamma skulle följa med honom varje gång han gav sig ut till heden. Han skulle snart fylla 13 år och hade ännu inte fällt sitt första troll. Skulle han kunna ändra på det kunde han inte ha en dadda med sig hela tiden. Han suckade tungt och fick en dyster glimt i ögonen; det var inte ens säkert att han fick börja som lärling i år. Mamma hade slutat skolan som tolvåring och Junior hade i det längsta hoppats att han skulle få göra detsamma. Det slutgiltiga beslutet var ännu inte taget. Rektorn hade sagt att sommaren skulle få utvisa om han var redo eller ej. *"Du har mycket kvar att lära innan du ens är i närheten av hur din mamma var i din ålder"*, brukade rektorn säga varje gång en lärlingsplats kom på tal.

Han såg mot måltavlan där mammas pilar satt tätt samlade. Det var tur att hon använde övningspilar för de satt så nära varandra att flera av dem hade blivit av med sina styrfjädrar. Med ett stön krängde han av sig ryggsäcken och plockade fram sin egen båge. Utan någon synbar ansträngning strängade han det dubbelkrökta vapnet innan han prövande drog fingrarna längs strängen. Lisa såg med ett snett leende på honom innan hon retsamt sa:

– Är det inte dags att du byter ut den där leksaken och börja använda en riktig pilbåge snart?

Hon höll fram sin kraftfulla långbåge som för att visa vad hon menade. Junior log inte utan skakade bara på huvudet. Mammas pilbåge var en långbåge av modernaste snitt. Hans egen var specialgjord av en mongolisk bågmakare. Bågens vackra linjer hade tillverkats av tunna skivor björk som varvats med lika tunna skivor av gethorn. Den var av samma typ som det mongoliska rytteriet hade använde redan för sjuhundra år sedan. En långbåge krävde att man drog strängen till örat för att få ut full effekt. Hans vapen var en kortbåge och då drog man strängen till mungipan. Dessutom var det omöjligt att använda en långbåge från hästryggen och Junior ville kunna skjuta även när han satt i sadeln. Faktum var att det var en konst som han tränat väldigt mycket på. För det mesta kunde han träffa ett spelkort när han red i full galopp.

– Vet du vad mamma? Jag slår vad om att min båge är minst lika bra som din. Det här är samma slags båge som Djingis Khan använde när han skapade världens största imperium, sa han och lyfte det hornförstärkta vapnet.

Lisa pekade på sin båge och skrattande retsamt:

– En sådan här hade Robin Hood och då duger den åt

mig.

Junior skakade på huvudet igen innan han med viss ironi replikerad hennes kommentar:

– Robin Hood hade en lång pinne med ett snöre mellan ändarna. Din båge är gjord av komposit och är tillverkad i en fabrik. Jag tror faktiskt att sådana bågar var ganska sällsynta på Robin Hoods tid.

Lisa fick en något tillrättavisande ton i rösten när hon svarade:

– Den här är förvisso modern men det är bara för att jag vill ha en större dragstyrka än vad idegran kan erbjuda. Men typen är densamma. Var nu tyst och skjut.

Junior dolde sitt leende genom att studera fjädrarna på sin första pil. Han hade vunnit den första ronden.

30 minuter senare lommade han in i huset för att klä om. Han hade inte vunnit den andra ronden. Även om han var en oerhört duktig skytt för sin ålder så hade han ännu en bit kvar för att nå upp till sin mammas fantastiska skicklighet. Pappa hade han skjutit jämt med redan när han var tio och nu var han avgjort bättre. Mamma var dock något helt annat. Nästa gång skulle han fråga om de kunde skjuta från hästryggen. Ett litet leende smög sig in i den buttra minen när han föreställde sig Lisa skjutandes från hästryggen. Han visste mycket väl att hon knappt kunde hålla sig kvar på en

häst ens i skritt.

Ute på den karga och vindpinade skotska heden spetsade plötsligt en raggig ponny öronen. Den frustade ett par gånger innan en igenkännande glimt tändes i dess kloka ögon. Med våldsam kraft vräkte den sig framåt och galopperade sedan vilt mot den muromgärdade gården. Black tyckte sig ha hört sin älskade husses röst. När ponnyn rundade murens ena hörn passerade han en minst lika raggig hund. Den korkade jycken hade också hört Juniors röst och letade nu efter ingången. Hunden hade bott på gården i större delen av sitt liv men hade ännu inte lärt sig i vilken av murens väggar porten satt. Ponnyn fnös irriterat när den passerade och strök öronen bakåt. Black hade aldrig gillat Lolu. Enligt hans bestämda åsikt var den tokiga byrackan mest till besvär. Lolu däremot äskade Black. Hon gjorde ett blixtsnabbt utfall och högg tag i svansen på den förbipasserande hästen. Lolu var kanske inte den smartaste hunden i världen men hon hade snabbt insett att Black hade koll. In genom porten kom således en vilt bakutsparkande ponny med en raggig hund hängandes i svansen. Lolu släppte Blacks svans och tumlade runt på gårdsplanen samtidigt som ponnyn satte sig på hasorna och tvärbromsade. Black stegrade ett par gånger innan han dök ner och kärleksfullt började buffa på Junior med mulen. Han lugnade sig dock snabbt när han insåg att hans "ömma" buffande hade skickat in husse i stallväggen. Försiktigt närmade han sig för att i stället lägga sin panna mot husses bröst. Han misslyckades tyvärr även med detta. Den här gången var det dock inte hans fel. När han bara var en halvmeter från husse kom den galna jycken skuttande och husse dundrade åter in i väggen. Problemet var bara det att den korkade vovven inte fattade att den var i vägen. Den skuttade runt som en känguru för att med jämna mellanrum hoppa upp och slicka husse i ansiktet. När detta pågått i över en minut tröttnade Black och sopade till hunden med huvudet. Sedan tog han ett raskt steg fram och tryckte sitt huvud i husses famn. Belöningen kom omedelbart. Husse kliade honom bakom öronen på precis rätt ställe. Black frustade nöjt och lutade huvudet lite så att husse kunde nå fler bra ställen.

Junior satt vid köksbordet och slipade en pilspets när Lisa klev in genom dörren. Utan att se upp från sitt arbete sa han:

– Jag tänkte rida ut till Doormoor i kväll. Det är flera veckor sedan jag var där. Är det okej?

Lisa nickad jakande men kunde inte låta bli att förmana honom:

– Du stannar på rätt sida om bäcken. Kom ihåg att heden är en farlig plats även när det är ljust. Trollen jagar förvisso inte på dagen men det finns fortfarande faror där ute. Jag hoppas att du kommer ihåg slukhålen.

– Jag vet mamma. Hedens historia har vi gått igenom så det räcker.

Lisa vände sig hastigt om och spände ögonen i honom innan hon fortsatte:

– Jaha, och om vi gått igenom den så grundligt kanske du kan förklara varför heden är en farlig plats?

Junior suckade avgrundsdjupt och verkade inte ett dugg intresserad av att svara. Lisa höjde ena ögonbrynet och såg frågande på honom samtidigt som hon satte händerna i sidorna för att visa att hon väntade sig ett svar. Junior suckade igen innan han ytterst motvilligt och med entonig röst började rabbla:

– För tusentals år sedan var heden en sjö och när vattnet drog sig tillbaka lämnade det kvar ett tjockt lager sediment. När sedan sedimentet torkade så sprack lagren på sina ställen och där bildades det hål. Dessa hål kan vara upp till 20 meter djupa och är också anledningen till att dimma alltid stiger från heden. Det är fukt som fångats mellan berggrunden och torven som dunstar och när luften blir tillräckligt kall bildas dimman.

Lisa höjde ögonbrynet lite till som för att få honom att fortsätta men just då räddades han av hundskall ute från gården. Junior reste sig blixtsnabbt samtidigt som han ivrigt ropade:

– Lolu vill komma in. Jag släpper in henne.

När han öppnade ytterdörren var det tomt utanför. Lolu hade mycket riktigt skällt för att bli insläppt men hon stod inte utanför stugans dörr. Han spanade ut i mörkret och suckade återigen när han till slut såg henne. Lolu stod med ivrigt viftande svans och stirrade på dörren till vedboden. Han vände sig in mot mamma i köket.

– Ärligt talat, det är något fel på din hund. Hon står ju för tusan vid fel dörr.

Lisa flinade och svarade skrattande:

–Jo, hon är kanske inte den skarpaste kniven i lådan och du vet ju vilka hon är döpt efter? Hon är faktiskt en underbar jakthund men i övrigt är hon kanske inte världens smartaste.

Lisa gav till en gäll vissling och hunden skuttade runt ett par varv innan den satte fart mot huset.

Junior skakade sakta på huvudet när jycken sladdade in i hallen. Glatt viftande på svansen och med tungan hängande som en slips hälsade hon på honom som om de inte setts på en evighet. Lolu var definitivt inte den smartaste hunden i världen men hon kunde mycket väl vara den snällaste.

4. Mot heden

Maggi hade bestämt sig. Hon skulle ta sig upp till den förbjudna heden för att se om gubben Trevors historier innehöll ett enda spår av sanning. Cykeln var redan packad och hon låg fullt påklädd i sin säng. Enligt historierna var man tvungen att vara på plats innan mörkret föll så hennes plan var ge sig i väg i gryningen innan byn vaknade. Det skulle ta ett bra tag att ta sig från vägen upp till Doormoor så hon tänkte inte chansa. Pappa hade ännu inte somnat och efter vad hon hörde ute från köket så var han full igen. Han skulle komma att sova länge i morgon. Hon bet sig i läppen och fick hålla tillbaka tårarna när hon tänkte på honom. Innan mamma gick bort hade han varit världens bästa pappa och efter vad hon hört, en av Skottlands duktigaste finsmeder. Nu hände det oftare att han var full än att han jobbade i smedjan. Det var som om hennes riktiga pappa hade dött tillsammans med mamma. Hon snyftade ofrivilligt till och torkade argt bort en tår. Så länge han var full skulle han i alla fall inte sakna henne. Då var det bara spriten han brydde sig om.

Morgonluften var rå och kylig när hon stängde ytterdörren bakom sig. Den en gång så vackert kornblå dörren var nu fläckad av bortflagnande färg och smuts. Hon huttrade i sin tunna sommarklänning när hon trampade ut ur byn. Långt framför henne föll dimman ut över klippkanten från heden högt uppe på berget. När det var vindstilla såg det alltid ut på det viset så här tidigt på morgonen. Som om ett långsamt vattenfall föll ner längs bergets sida för att sedan lösas upp innan det nådde vägen. Det hände faktiskt någon gång varje år att dimman nådde ända ner till vägen och samlades där. Hon hoppades intensivt att det inte skulle bli så den här morgonen. Polisen brukade alltid stänga av vägen då det hände. Myndigheterna ansåg tydligen att vägen var farlig nog utan den täta dimman. Hon ställde sig upp och tog i hårdare när hon trampade. Om dimman nådde vägen var hon tvungen att hinna förbi korsvägen innan vägen stängdes av.

Junior muttrade irriterat när han stod dubbelvikt med en av Blacks hovar mellan knäna. Ponnyns ena framsko var lös och han fick vackert sätta fast den innan de gav sig av. Han hade egentligen inte tid att leka hovslagare. Kvällen närmade sig och han hade fått lov att bevaka gränsen till Doormoorheden. Naturligtvis skulle han inte bevaka den sidan som vette mot vägen, den var ett stup. Hans uppgift var att övervaka passagen ut mot höglandet. Det var en relativt liten öppning vid den södra gränsen. En smal flaskhals mellan stupet på ena sidan och bergen på den andra. De slemmiga glastrollen var sällan något problem så länge dimman inte spred sig utanför hedens gränser. De jagar bara i dimma och skulle inte störa honom så länge han höll sig borta från själva passagen. Hans uppgift var naturligtvis inte att jaga troll utan att se till att inga tamdjur var tanklösa nog att ge sig ut på heden. Fåren brukade gilla det kraftiga gräset som växte i stora tovor ute på Doormoors böljande kullar. Det hade kommit flera klagomål från jordbrukarna i trakten om att de hade förlorat ett antal djur nyligen. Han ställde ner Blacks ben och torkade händerna på benklädet. Det var alltid ett elände att behöva fixa till en sko klädd i rustning. Han bar en lång drakskinnsrock täckt av små stålplattor och ett par benläder med kraftiga stålskydd för knän och smalben. Naturligtvis var även benlädren gjorda i drakskinn. Egentligen skulle han ha en hjälm också men där hade det blivit vissa problem. Mamma hade bestämt vägrat att beställa den modell som han ville ha. Han önskade sig en hjälm av samma typ som den som morfar bar. När han förklarat vilken modell han ville ha hade det blivit ett himla liv på mamma. Tydligen tyckte hon att morfars hjälm var den fulaste huvudbonad som någonsin tillverkats. Hon ville att han skulle ha en blankpolerad hjälm med ett kort brätte över ögonen. Han suckade och skakade på huvudet, hans

rustning var tillverkad i svarta läder med svarta stålskydd.
Det skulle inte vara snyggt om hans hjälm var i blank
rostfri metall. Morfars hjälm var svart med spretiga spetsar
som pekade åt alla håll. Junior tyckte att den var skitfrän.
Resultatet av mammas oförmåga att förstå sig på mode
hade blivit att han nu inte hade någon hjälm över huvud
taget. Den svarta huvudkransen som han som barn förärats
av en kinesisk trolljägare hade blivit för liten för flera år
sedan. Nu fäste han i stället sitt korpsvarta och alldeles för
långa hår med en tunn läderrem för att det inte skulle
hamna i ögonen. Han drog åt sitt midjebälte där svärdet var
fäst vid vänster sida. På högra sidan hängde ett pilkoger
och framför kogret satt hans dolk. Bågen, och dess
långsmala väska hängde redan på sadelknappen. Junior
satte sig grymtande i sadeln och började långsamt skritta
mot Doormoors dimmiga hed.

Maggi gömde sin cykel i buskagen bakom en sned gammal
skylt som förbjöd resenärer att lämna vägbanan. Den var
fläckad av rost och var till stora delar oläslig. Den moderna
skylten stod ett hundratal meter längre ner mot byn. Med
försiktiga steg smög hon upp längs den igenvuxna stigen
och passerade snart ännu en skylt. Hon trodde i alla fall att
det hade varit en skylt. Det var en skev och övervuxen
plåtskiva där rosten för länge sedan hade utplånat alla spår

efter texten. När hon närmade sig toppen upptäckte hon att det på sina ställen låg fyrkantiga stenar över stigen. De fungerade utmärkt som trappsteg vilka hon med tacksamhet använde sig av. Att de var täckta av uråldriga runor och läskiga figurer gick henne helt förbi. Med blicken fäst på stigen märkte hon först inte att marken planade ut. Plötsligt stod hon vid hedens kant och såg ut över höglandet. Hon fylldes av en känsla av besvikelse när hon såg upp mot platsen där Trevor hade sagt att det skulle stå en gammal ek. Endast en förvriden och kraftigt förmultnad stam låg i gräset med de döda grenarna spretade likt svarta skelettfingrar upp mot himlen. Hon kunde naturligtvis inte veta att eken slagits av blixten för över 40 år sedan. Allt som nu växte vid hedens kant var snåriga buskar och tovor av högt gräs. Det fanns ingenting som var kraftigt nog att bära hennes vikt. Förvirrat såg hon sig omkring; vad i hela fridens namn skulle hon göra nu? Gubben Trevor hade alltid poängterat att man var tvungen att befinna sig över dimman för att kunna se älvorna. Hon stannade tvekande vid en liten bäck och satte sig för att tänka. Ett par timmar senare, när skymningen sänkte sig över höglandet och de första dimstråken lyfte från heden kom hon äntligen på en lösning. En liten bit ut på heden reste sig en stor sten. Den såg nästan ut som en lutande pyramid. Den var brant och gott och väl tre meter hög på ena sidan men lutade så att andra sidan mer såg ut som en ramp. Det skulle vara hur enkelt som helst att nå toppen. Klättrade hon upp till kanten borde hon komma tillräckligt högt för att kunna se över dimman. Hon tvekade inte en sekund utan rusade snabbt som en skållad katt det hundratal meter som skilde henne från stenbumlingen.

Junior hade kommit i väg för sent. Han skulle i bästa fall komma fram till bäcken lagom till skymningen. Hade några förlupna kreatur smugit ut på heden skulle han inte hinna fösa bort dem innan mörkret föll och dimman reste från marken. Allt han kunde göra nu var att kontrollera om det skulle bli något svinn för traktens lokala bönder. När han i full galopp rundade den sista kröken och lutade sig tillbaka i sadeln för att få Black att stanna låg heden där, tyst och hotfull. Bäcken porlade muntert framför dem och ponnyn tog ett försiktigt steg fram till kanten för att dricka. Junior grävde i sadelväskan och fick fram sin kikare. När han började spana över den delvis redan dimtäckta heden väntade han sig inte att få se något ovanligt. Han fokuserade kikaren så långt bort han kunde och såg ganska snart ett par får som lugnt gick och betade. Avståndet mellan honom och djuren var gott och väl 500 meter. Djuren skulle inte ha en chans att överleva natten. Han suckade uppgivet och sänkte kikaren. Det var alltid så här

när han skulle bevaka gränsen till Doormoor. I huvudet
hörde han mammas röst,

" Du får inte gå ut på heden oavsett vad som händer. Ditt jobb är bara att stoppa djur som vill gå över bäcken och du får inte försöka rädda de som redan är på heden. Heden är för farlig".

Han lutade sig tungt tillbaka i sadeln och frustade irriterat. Black lyfte förvånat på huvudet och såg sig frågande omkring. Det tog ingen lång tid innan ponnyn bestämde sig för att frusta han också. Han visste inte varför han gjorde det men om husse frustade så var det bäst att göra likadant. Husse visste alltid vad han gjorde.

Junior skulle precis vända hästen när han uppmärksammade en rörelse ute vid granitklippan. Stenblocket som stack upp ur heden liknade en sned pyramid sedd från det här hållet och det var vid den som han hade sett något röra sig. Först förstod han inte riktigt vad det var han såg. En tunn liten varelse smög som ett spöke genom det glesa dimtäcket för att sedan börja klättra upp mot klippans topp. Han drog efter andan när han zoomade in kikaren mot den bleka figuren. Det var en flicka i ljus sommarklänning som satte sig högst uppe på toppen. Han stirrade häpet på henne. Hennes fötter var bara och hon hade håret utsläppt. Det vackert kopparröda håret böljade över hennes rygg i mjuka lockar. I mörkret såg han

henne först som en blek skugga mot den mörkare
bakgrunden men då hon nådde toppen förvandlades hon i
stället till en mörk siluett mot himlen. Den enda färg som
återkastades av månskenet var just färgen av hennes hår.
Oroligt spanade han ut över heden och hoppades att de
slemmiga glastrollen inte skulle upptäcka hennes
gömställe.

Maggi satt stilla som en staty och väntade högst uppe på
klippan. I fjärran hade hon sett ett par får men i övrigt var
heden tom och tyst. Nervöst fingrade hon på halsbandet
precis som hon alltid gjorde när hon var orolig. Det var ett
arv och det enda hon hade kvar efter sin mamma. Hon fann
en viss trygghet i smycket när hon var orolig. Det var som
om hon kunde känna sin mammas ande genom metallens
kalla yta.

När skymningens sista djupröda färg försvunnit från himlen
och mörkret sänkte sig steg dimman snabbt upp ur marken.
I den märkliga tystnaden hörde hon som hastigast ett
panikslaget bräkande innan ljudet hastigt klipptes av. Efter
någon minut bräkte ett andra får innan även det tystnade.
Hon stirrade spänt ut i natten i väntan på att älvornas dans
skulle börja. Hennes förhoppningar om att faktiskt få se
någonting var låga men trots det satt hon kvar. Även om
hon inte varit på den här platsen tidigare så kändes den på
något sätt fel. Hon kunde inte sätta fingret på vad, men det

var det något med heden som skavde inom henne. En kall kår for över hennes ryggrad och en känsla av sårbarhet växte när mörkret tätnade. Då och då bröts tystnaden av ett märkligt frustande eller av något litet djurs förtvivlade skrik. Hon började alltmer ångra att hon gått upp till heden. Det dröjde någon timme innan månen kommit tillräckligt högt för att lysa upp den nu helt dimtäckta hedens böljande yta. Plötsligt såg hon den första virveln ett hundratal meter från sig. Den snurrade runt och bytte då och då riktning. Maggi satte sig käpprakt upp och stirrade i förundran. Gubben Trevor hade haft rätt, älvorna dansade verkligen på Doormoors dimtäckta hed. När den första virveln fick sällskap av en andra lutade hon sig ut över kanten för att se bättre. I ett böljande mönster närmade sig de båda virvlarna långsamt. Ivrig och med en förväntansfull min hängde hon ut över kanten i hopp om att få se en älvas leende ansikte. Var Trevors berättelser sanna skulle alla hennes problem kunna lösas i natt.

Junior svor tyst för sig själv. Minst två av odjuren hade upptäckt flickan och nosade sig nu närmare. Han hoppades att hon skulle vara smart nog att hålla sig borta från stenens kanter. Största delen av klippan var dold i tjockan men spetsen stack fortfarande upp ur dimtäcket. Glastroll lämnade inte gärna sitt skyddande täcke utan jagade helst i

skydd av dimman. Satt flickan bara stilla och aktade sig för
kanten skulle de med lite tur låta henne vara. Försiktigt
satte han hälarna i ponnyns sidor och skrittade över bäcken.
Som om han vore förtrollad av flickans uppenbarelse
glömde han sin mammas alla varningar. Utan att förstå vad
som hände och med kikaren fäst vid gestalten på klippan lät
han Black bära honom in mellan dimmans första trevande
fingrar.

5. Hedens offer

Maggi vände sig om och såg en tredje virvel som närmade sig från andra hållet. Först tänkte hon klättra ner för att möta den men ångrade sig när en vedervärdig stank slog in mot henne. Fundersamt rynkade hon på näsan och stannade. Plötsligt kände hon sig inte lika sugen på att träffa den här varelsen längre. I stället hasade hon upp till kanten och lutade sig ut över dimtäcket för att försöka se älvan i den närmaste virvelns mitt. När den var rakt under henne sträckte hon trevande ut handen och försökte röra vid den. Virveln stannade tvärt och dimman lade sig snabbt till rätta och dolde allt under henne. När den andra virveln närmade sig reste hon sig på knä och sträckte återigen ut handen. Den här gången mer bestämt. Hon var helt uppslukad av dansen och hade helt glömt sin tidigare oro. Hennes ögon tindrade i månens ljus och hon kände sig allt säkrare. Ett drömskt leende spelade i mungiporna när hon sträckte sig ännu längre ut. Gamle Trevor hade haft rätt. Det verkade helt overkligt men ett väsen ur sagorna dansade i dimman rakt nedanför henne. När en tredje virvel dansade in under klippkanten sträckte hon sig ner så långt hon nådde. Halva armen försvann ner i den fuktiga dimman och hon kunde inte se sin hand. Hennes fingertoppar strök för en sekund över något mjukt och kladdigt. En förvånad rynka fårade hennes panna, det kändes inte alls som en älvas silkeslena hår. Det kändes mer som… Hon hann inte längre innan en slemmig hand sträcktes upp ur dimman och grep tag om hennes utsträckta arm. Ett förvånat tjut lämnade hennes läppar i samma ögonblick som hon rycktes ner från klippans kant. Mitt i fallet grep ännu en fuktig och kladdig hand tag i henne. Den fick ett stadigt tag om hennes ena vrist. Stånkande och pustade ljud hördes inne i dimman samtidigt som två varelser drog i henne åt var sitt håll. En enorm och synnerligen slemmig hand höll om hennes handled och en annan om hennes vrist. Hon skrek av smärta när dragkampen blev allt intensivare. De båda varelserna bråkade så ivrigt att dimman för ett ögonblick skingrades. Hennes smärtfyllda skrik bytte tonart och övergick till ett skräckfyllt vrål när hon slutligen såg vad det var som höll om hennes handled. Halvt genomskinligt och över två meter långt, med slem och klegg rinnandes över kroppen stod det där och frustade. Varje gång varelsen fnös sprutade det slem åt alla håll. Det var också den synen som fick Maggi att snabbt klippa av sitt skrik och hastigt stänga munnen. Så fort besten frustat klart ljöd dock åter hennes förtvivlade skrik över heden. Hjärnan tycktes först inte kunna ta in vad det var som ögonen såg. Det var inte förrän varelsen som höll om hennes fotled vunnit dragkampen och höjt henne över sitt breda och synnerligen vedervärdiga huvud som ett ord slutligen formades i hennes hjärna. Hur osannolikt det än var hade hon blivit fångad av ett... Ordet gled förbi utan att få fäste. Hennes hjärna vägrade helt enkelt att acceptera att en sådan varelse verkligen fanns.

Junior upptäckte inte att Black fortsatt ut på heden förrän dimmans slöjor började dansa framför kikarens linser. Flickan satt förmodligen fortfarande på sin sten och var ovanför dimman men Junior hade på något märkligt sätt hamnat mitt inne i den. Förvånat såg han sig omkring och muttrade tyst. Skulle inte mamma ge honom utegångsförbud i ett år var det nog bäst att han smög tillbaka över bäcken. Knorrande tog han tag i tyglarna för att vända om. Han ryckte till när han väcktes ur sina funderingar av att ett hysteriskt skrik plötsligt ekade över nejden. Dimman som alldeles nyss varit lugn och tät dansade nu runt i en galen häxdans för att sedan tillfälligt skingras. Han bleknade när han såg vad som höll på att hända. Flickan var fångad mellan två stora glastroll och det hade utvecklats till en dragkamp där båda odjuren försökte dra henne till sig. Med ett hastigt ryck drog han en pil ur kogret och sporrade Black. Ponnyn tvekade inte en sekund utan kastade sig framåt för att ögonblicket senare galoppera i vild fart. Junior spanade in i dimman för att inte tappa bort flickan med blicken. När det ena trollet lyckades rycka henne åt sig spände han bågen och siktade på slemhögens buk. Pilen for som ett streck genom den mjölkiga dimman och träffade med ett vått smackande. Utan att ge ifrån sig ett ljud öppnade besten sina labbar och drog ihop sig till en boll. Flickan som plötsligt var fri slog i marken med en dov duns. Hon hann inte mer än sätta sig upp innan det andra odjuret fångade in henne. Utan att vänta lade Junior en andra pil på stocken och siktade mot troll nummer två. Precis när han skulle släppa strängen dök ett tredje odjur upp rakt framför honom. Pilen som var tänkt för besten som nu höll i flickan for i stället rakt in i ansiktet på trollet som försökte komma åt honom själv. Även denna best drog ihop sig och blev liggande. När han återigen vände sin uppmärksamhet mot odjuret som fångat flickan såg han att det var för sent. Det vedervärdiga glastrollet hade redan tryckt in henne i sitt gigantiska gap.

Maggis förtvivlade skrik bytte återigen tonart, den här gången från skräckslaget till förvånat när hon plötsligt föll i marken. Av någon outgrundlig anledning hade det slemmiga odjuret släppt henne fri. Hon hann ta ett ytligt andetag innan ett annat odjur tog tag i hennes hår och lyfte henne från marken. Den lilla luft som hon lyckats få ner i sina lungor lämnade henne nu i ännu ett hysteriskt skrik. I ett sista desperat försök att komma loss sparkade hon ut med benen. Ett glupande ljud hördes och hon kände hur benen pressades samman. Ögonblicket senare tryckte odjuret ner henne i sitt stinkande gap och svalde. Smärtan var obeskrivlig när kroppen trycktes ihop till en boll och ansiktet pressades mot en till hälften genomskinlig vägg. Smärtan av att pressas samman och paniken över att hon slutligen insåg vad det var det var som höll på att hända fick henne kanske att se saker. Möjligen var det bara ett fantasifoster som hennes hjärna skapade för att lugna henne. När den sista luften pressades ur lungorna och mörkret började sluta sig runt henne tyckte hon sig nämligen se en riddare. Han kom ridande på en ståtlig svart häst som stormade fram ur dimman. Det blixtrade för ögonen och synen började bli otydligt men det såg faktiskt ut som om riddaren tänkte anfalla odjuret med sin lans. Innan medvetslösheten skonsamt tog henne i sin famn snappade hennes hjärna slutligen upp det svårfångade ord som tidigare inte lyckats få fäste: Troll! Det var ett troll och det hade precis ätit upp henne.

Junior sporrade Black och hästen hoppade smidigt över trollkadavret som just dragit ihop sig framför dem. Morfars ord om att man inte kunde rädda en trygg som blivit uppäten hade han redan glömt. Han hade inte någon tydlig

plan för hur han skulle gå tillväga men var åtminstone
tillräckligt klarsynt för att inse att han inte kunde skjuta
trollet. På något sätt var han tvungen att skära upp odjurets
buk utan att döda det. Om trollet drog ihop sig med flickan
kvar i magen skulle hon krossas och bli kvar i det
förstenade kadavret för alltid. Han släppte bågen och
koncentrerade sig på bestens rörelser.

Några meter från odjuret vräkte han sig ur sadeln samtidigt
som han med ett lätt ryck i vänster tygel fick Black att
svänga undan. Smidigt som en katt tog han mark och gled
sedan vidare på rygg samtidigt som han drog sin dolk. När
han passerade in mellan odjurets ben studerade han dess
buk noga och högg. Ett snabbt snitt skar igenom trollets
slemmiga kött utan att komma allt för nära flickans
hoptryckta kropp. Odjuret frustade ilsket och slog med sina
enorma labbar. Det första slaget ven förbi utan att träffa
men det andra tog mitt i hans bröst och slog andan ur
honom. Flämtande och med väsande andetag vände han sig
för att se hur väl dolken gjort sitt jobb. En gränslös
besvikelse drog över hans ansikte när han insåg att endast
en liten del av trollets bukvägg var genomskuren. Junior
såg en blek och slapp hand sticka ut ur hålet men det var
också allt. Han drog stönande efter andan och letade febrilt
efter sin kniv. Tydligen hade han tappat den när han

träffades av den hårda smällen. Det var med stigande bitterhet han insåg att han var på väg att misslyckas ännu en gång. Flickan skulle inte överleva om han inte omedelbart lyckades få ut henne. Han var helt enkelt tvungen att göra hålet större men hade tappat sitt vapen så han visste inte hur det skulle gå till. En idé föddes någonstans långt bak i hans huvud. Tveksamt men utan minsta försiktighet reste han sig och tog ett par steg mot odjuret. När den vaga planen väl hade tagit form rusade han fram för att se om den skulle fungera. I desperation och förtvivlan kastade han sig mot odjurets buk och grep tag i snittets kant med båda händerna. Hans fingrar lyckade precis få grepp om sårkanten när trollet fick tag i hans båda ben och med våldsam kraft ryckte honom upp från marken. Junior hade egentligen inte satt något större hopp till sin i all hast uppkomna plan men till hans förvåning fungerade den faktiskt ganska bra. Trollet lyfte honom med en hissnande fart och då grävde sig hans fingrar in i det till hälften genomskinliga köttet. Det ynkliga lilla snittet som han tidigare åstadkommit revs upp och trollets ångande maginnehåll rann ut på marken. Ett halvsmält får och en till synes livlös flickkropp gled ut och landade i en illaluktande hög. Nu gjorde trollet något som troll sällan gör, det röt av ilska och smärta. Det var också ungefär nu som Junior insåg att hans i all hast uppkomna plan innehöll en liten men ack så allvarlig brist. Den nu synnerligen upprörda besten höll honom nämligen fortfarande i ett järngrepp och han hade inte minsta möjlighet att komma loss. Han dinglade hjälplöst i odjurets enorma labbar och började så sakteliga inse att han var fast. Det var först när någon annan lade sig i kampen som saker och ting förändrades. En rufsig ponny med bakåtstrukna öron dundrade in i trollkroppen och sparkade vilt med sina framben. Trollet väste ilsket och släppte Junior för att försöka fånga det mycket större bytet. Omtumlad och med visst besvär lyckades Junior dra sitt svärd. På ostadiga ben ställde han sig upp för att sedan stappla baklänges då benen inte riktigt ville bära. Han tog ett djupt andetag och bet ihop. Black höll odjuret sysselsatt så allt Junior behövde göra var att bestämma sig för vilket av de båda odjuren han skulle sticka. Han såg nämligen två troll trots att det egentligen bara fanns ett. När det vidriga odjuret vände sig mot honom igen chansade han och högg. Med imponerande skicklighet stack han ett stort hål i luften. Trollet väste återigen och tog ett hotfullt steg i hans riktning. Längre kom det inte innan två järnklädda hovar slog in i dess bakhuvud. Precis när rakbladsvassa klor skulle gripa Junior om halsen vräktes trollet överända och blev liggande i gräset. Junior som äntligen hämtat sig något, tryckte helt sonika svärdet i odjurets sida och såg hur det drog ihop sig till en boll.

Han samlade hastigt ihop sina saker och vinglade sedan fram till den slemmiga hög som runnit ut ur trollets buk. Fårets hårlösa kranium grinade upp mot honom ur den köttiga röran. Han stäckte sig ner för att dra undan fårkadavret men backade instinktivt undan när den fruktansvärda stanken träffade honom. Hulkande och med bortvänt ansikte försökte han igen. Det halvsmälta fårkadavret gled med lätthet av flickans förvridna och rödflammiga kropp. Han försökte vissla men smällen från trollet hade givit honom en rejält svullen underläpp. Hans låga visslingen kom i stället ut som ett märkligt bluddrande läte. Irriterat skakade han på huvudet för att få tankarna att klarna. Med största försiktighet lyfte han flickans slappa kropp och lade örat mot hennes bröst. Först hörde han ingenting men när han lyckades motstå kväljningarna som orsakades av den vidriga lukten och tryckte sig hårdare mot henne hörde han ett svagt pulserande ljud. Lättad lyfte han henne högre och ropade viskande efter Black. Den rufsiga ponnyn dök genast upp ur dimman och buffade honom kärleksfullt på axeln. Det kloka djuret verkade förstå vad han skulle göra och ställde sig bredvid sin husse. Med en sista kraftansträngning lyfte Junior upp flickan så att hon låg tvärs över sadeln. Försiktigt och så ljudlöst han kunde ledde han Black mot bäcken. Morfar hade varit väldigt tydlig med vad han nu var tvungen att göra. Flickans kropp

måste snabbt sköljas ren från den frätande magsyran annars
skulle hon få bestående skador.

6. Olycka rapporterad

Med stor försiktighet lade han ner den kladdiga kroppen men fick återigen behärska sig för att inte kräkas. Den medvetslösa flickan kunde naturligtvis inte rå för att hon luktade som en rutten skunk. Hon hade ju precis legat i magen på ett glastroll tillsammans med ett till hälften upplöst får. Juniors händer var nersölade av trollets maginnehåll vilket fick dem att svida något förskräckligt. Med en bekymrad rynka i pannan såg han ner på flickan i sina armar. Tur att hon var medvetslös, annars hade hon nog haft fruktansvärt ont. Han klev ner i bäckens klara vatten och lade försiktigt ner henne i strömmen. Med fumliga händer och stor blygsel torkade han varsamt av hennes ansikte och var noga med att vattnet då och då sköljde bort kladdet. Då hans händer var ömma och svullna märkte han aldrig att fingrarna fastnade i en tunn guldkedja då han drog dem över hennes ansikte och hals. Låset öppnade sig och smycket gled av för att sedan gömma sig under hennes kropp. Efter en lång stund böjde han sig ner över kroppen och sniffade. Hon luktade inte längre illa vilket borde betyda att all magsyra från odjuret var borta. För säkerhets skull lät han henne ligga kvar i den grunda bäcken så att de sista resterna av magsyran skulle försvinna. Han visste inte hur länge han hållit på men slutligen bröt solens första strålar fram ur havet. I det bleka gryningsljuset såg han henne ordentligt för första gången. Han stirrade storögt och med halvöppen mun på den medvetslösa flickan. Hennes ansikte var blekt med en tät matta av fräknar vilka täckte hennes kinder och näsa. Själva näsan var näpen med en liten tendens till uppnäsa vilket passade hennes ansikte perfekt. De lätt särade läpparna var perfekt formade och röda som sommarens första smultron. Han tyckte att hon var den vackraste flickan han någonsin sett. Det kopparröda håret böljade i bäckens lugna ström och ramade in hennes ansikte. Storögt följde han hårslingornas mjuka dans när de följde vattnets rörelser. När hans blick föll på klänningen häpnade han och rodnade häftigt. Det ljusa bomullstyget hade blivit genomskinligt av vattnet och gjorde därför ett dåligt jobb när det gällde att skyla henne. Genom det tunna klänningstyget såg han en flickas kropp som precis påbörjat sin resa mot att bli en kvinnas. Juniors ögon fastnade oundvikligen på hennes bröst innan han hastigt, och nu kraftigt rodnande, vände bort ansiktet.

– Inte okej, inte okej! Du kan i alla fall försöka att uppträda som en gentleman, muttrade han ilsket åt sig själv. När solens hela skiva vandrat upp på himlen och börjat värma i ansiktet vågade han inte vänta längre. Han hämtade en filt från Blacks sadel och svepte försiktigt in den fortfarande medvetslösa flickan. Med hennes nätta kropp i famnen började han sedan att sakta rida ner längs stigen mot vägen. Han var tvungen att se till så att hon fick hjälp. Det oroade honom att hon ännu inte hade vaknat. När han undersökt hennes kropp hade han upptäckt att hennes ögon var kraftigt rödsprängda. Nu hade de dessutom börjat svullna. Black rörde sig smidigt och hade inga problem att bära den dubbla bördan. Väl nere vid landsvägen hamnade Junior i bryderi. Flickan var tvungen att komma till sjukhus så fort som möjligt men han kunde inte ta henne dit. Vad skulle folk säga om han kom ridande i sin trolljägarmundering? Han funderade en liten stund innan han fick en idé. Snabbt plockade han fram sin mobil och slog nödnumret. En röst svarade redan efter andra signalen:

– SOS alarm, vad är det som har inträffat?

Junior stammade osäkert och lyckades först inte få fram ett ord. Han hade inte tänkt på att han skulle vara tvungen att förklara vad som hänt. Rösten kom tillbaka i ett lugnande tonfall.

– Ta ett djupt andetag och försök förklara vad det är ni behöver hjälp med.

Med blicken fäst på flickans bleka och alltmer uppsvällda ansikte svarade han:

–Jag tror det har hänt en olycka på strandvägen. Det

ligger en flicka i diket precis efter den rostiga skylten.
Rösten i andra änden fortsatte i ett väl inövat och lugnt
tonfall:

– Strandvägen alltså, men exakt var på Strandvägen
skulle flickan befinna sig? Jag har tyvärr inte någon
information om en rostig skylt.

Nu fick Junior något jagat i blicken och lät lätt
skräckslagen när han återigen stammande svarade:

– Hon ligger högst upp i backen där Doormoorheden
börjar. Det är vid den gamla skylten som står utmed vägen.

Telefonröstens lugna tonfall var plötsligt borta och
operatören fick något spänt i tonen när han fortsatte:

– Har dimman från heden nått ner till vägbanan under
natten?

Junior tittade frågande upp mot krönet av Strandvägen men
såg inte minsta spår av någon dimma. Han förstod inte
riktigt vad telefonoperatören hade menat men svarade ändå
efter viss tvekan med en lögn:

– Inte nu, men förut var det tjockt här.

När han väl klickade av samtalet var en ambulans redan på
väg från Banchory. Junior kliade sig förvirrat i huvudet och
försökte komma på hur i hela friden han skulle få till en
olycka som skulle se något så när trovärdigt ut.
Räddningstjänsten förväntade sig att komma till en

olycksplats men han visste inte hur en sådan skulle se ut. Han började med att lyfta ner flickan från sadeln och lade henne i vägrenen. Ganska snart insåg han att om hon låg inlindad i en filt skulle någon börja undra vart den som rullat in henne i den tagit vägen. Försiktigt lirkade han av filten. När han var klar synade han resultatet. Flickan låg på rygg med armarna utmed sidorna och benen rakt utsträckta. Junior hade förvisso inte en aning om hur det brukade se ut när det hade skett en olycka men det såg förmodligen inte så här fridfullt ut. Han suckade tungt och stönade lågt:

– Det här fungerar inte.

Med stor försiktighet och små rörelser rullade han över henne på sidan. Juniors hjärta stannade nästan när flickan plötsligt jämrade sig. Han tog ett förskräckt skutt bakåt och hoppade rakt in i den rostiga gamla skylten. Med en katts smidighet drog han sig snabbt åt sidan. I nästa steg tog dock både skylten och den tidigare så kattlika smidigheten slut. För ett ögonblick stod han på dikeskanten och balanserade innan han slutligen föll baklänges rakt in i närmast buske. Som den vältränade unge man han var vred han sig i luften för att försöka ta emot sig. Detta visade sig vara ett stort misstag. Ett kraftigt skramlande och ett skrik av smärta ekade över nejden. Han hade lyckats med konststycket att ramla rakt in i en gömd damcykel.

När de första ljuden av sirener hördes satt han redan i sadeln. Efter ett femtiotal meter vände han sig om och studerade den fingerade olyckan. Cykeln hade han slängd på vägen och flickan låg på sidan någon meter därifrån. På det hela taget såg det ganska trovärdigt ut. Han red bort med oroligt hjärta och fingrade försiktigt på sin svullna och blodiga näsa. Det är nämligen så att om ett cykelstyre tillhörande en damcykel och en människonäsa tillhörande en ung pojke krockar med varandra så är det väldigt sällan cykeln som får ont, det är pojken.

Doktor Stevens stannade bilen mitt i vägen och rusade mot kroppen. Med allvarligt ansikte lyssnade han på Maggis andhämtning innan han försiktigt öppnade hennes ena öga. Hans första åtgärd blev att skölja ögonen och lägga en fuktig binda över dem. De visade tydliga tecken på irritation. När han lyfte hennes ena arm såg han att huden var ilsket röd. Kroppen uppvisade tecken på lättare frätskador. Han såg oroligt längs den branta sluttningen upp mot Doormoor. Det var allmänt känt att militären hade dumpat farliga gasbomber uppe på heden och att bomberna då och då började läcka. Hade dimman nått ner till vägbanan skulle den mycket väl kunnat innehålla farliga kemikalier. Han tog genast på sig ett par tunna gummihandskar innan han fortsatte sin undersökning.

När ambulansen från stan lämnat platsen reste han sig sakta
och vände sig till konstapel Corren.

– Jaha, det där var Maggi McGregor. Ska du eller jag
meddela Patrik?

Konstapeln skruvade på sig innan han sakta nickade som
om han just tagit ett beslut.

– Jag tror det blir bäst om jag gör det. Karln kommer att
bli tokig om han förlorar dottern sin. Du vet hur han
reagerade när Margret dog.

Junior hade kommit halvvägs på sin väg tillbaka till heden
när ambulansens blå signalljus försvann bakom kröken. De
hade tagit hand om flickan så nu var hans jobb färdigt.
Varje gång han blundade kunde han se hennes bleka men
ack så vackra ansikte framför sig. Skam till sägandes kunde
han även se det som skymtat genom klänningens tunna tyg.
Han blev röd om kinderna och skakade sakta på huvudet.
Han hade dräpt sitt första troll. Faktum var att han hade
dräpt tre. Han kom inte riktigt ihåg hur det gått till men i
hedens yttre kant låg tre halvrunda trollkadaver. Nu när de
förstenats såg de mest ut som felplacerade kiselstenar av
jätteformat. De gnistrade i vitt när solens strålar spelade
över dem. Utöver de tre trollen som förvisso var en enorm
bedrift i sig så hade han dessutom räddat en flicka. Trots

sin blåslagna bröstkorg och ilsket röda näsa kände han sig belåten. Ett begynnande leende spelade i hans ansikte men ersattes genast av en grimas. Det gjorde helt enkelt för ont att le. När han väl insåg att han inte kunde berätta om sin bedrift tappade han dessutom lusten att le. Mamma hade uttryckligen förbjudit honom att gå över bäcken oavsett vad som hände. Det han möjligen då kunde försvara sig med var att han varit tvungen att rädda flickan. Det var bara det att morfar hade varit väldigt tydlig när det gällde att rädda en trygg ur en trollmage. Mamma skulle med stor sannolikhet tycka precis likadant. Han suckade tungt och återfick sitt buttra ansiktsuttryck; när han äntligen lyckades med något så kunde han inte berätta om det.

Maggi vaknade med ett ryck och satte sig häftigt upp. Hon hade haft den värsta mardrömmen någonsin. Ofrivilligt skrek hon till av smärta när huden rörde vid lakanen. Med grumliga och svidande ögon såg hon sig förvånat omkring. Rummet var mörkt och tyst men utanför surrade någon sorts larm. Det tog en liten stund innan hon förstod att hon låg i en sjukhussäng. Dörren slogs plötsligt upp och en skötare rusade in. Den unge vitklädde sjukskötaren tände lamporna innan han vände sig om och log ett varmt leende.

– Välkommen tillbaka. Vi har varit lite oroliga för dig ett tag. Försök att ta det lite försiktigt. Du har blivit utsatt för ett frätande ämne och blivit lite bränd. Dessutom verkar det som om du sträckte ryggen när du föll av cykeln. Kommer du ihåg vad det var som hände?

Maggi rynkade pannan innan hon med visst tvivel i rösten började berätta:

– Det var ett troll. Ett genomskinligt troll som åt upp mig. Hade det inte varit för riddaren hade jag inte överlevt. Jag kommer inte ihåg hur han räddade mig men det måste han ha gjort. Annars skulle jag ju inte vara här, eller hur?

Hon såg tankfullt upp mot skötaren och fortsatte:

– Jag måste tacka honom för att han räddade mig.

Skötaren log ett väl inövat leende och nickade instämmande innan han skrev något på sin platta. När han stängde dörren bakom sig skakade han sorgset på huvudet och studerade sina anteckningar. *"Flickan lider av delirium och kommer att behöva psykiatrisk vård. Hjärnan kan mycket väl ha fått bestående skador. Rekommenderar att hon hålls kvar en tid innan psykiatriska sjukhuset i Aberdeen tar över patienten"*.

7. Utvärdering

Lisa trummade irriterat med fingrarna på bordet i väntan på att rektorn skulle återvända. Junior satt inklämd mellan henne och Tom och såg sig oroligt omkring. Tom satt stilla som en klippa med ett roat leende lekandes i mungipan och verkade ta det hela med ro. Junior var inte säker på om pappa riktigt förstått vad mötet skulle handla om. Det här var inte ett vanligt föräldramöte utan något väldigt speciellt. Juniors förutsättningar var inte som för andra barn inom byrån. Alla visste att han umgicks med sina föräldrar under sin lediga tid. Något alla dock inte visste var att både skolans rektor och den högsta chefen inom byrån också såg honom som ett experiment. Han var helt enkelt den första eleven någonsin som fått umgås med sina föräldrar före vuxen ålder. Alla hans skolkamrater antingen saknade föräldrar eller hade föräldrar som var i så dåligt skick att de inte kunnat ta hand om dem. Detta passade byrån alldeles utmärkt då det var uttryckligen förbjudet för en elev att fostras av en trygg. Det är nämligen på det viset att ett barn som uppfostras av trygga föräldrar automatiskt blir en trygg själv. Vuxna som saknar förmågan att se verkligheten stänger också med tiden sina barns ögon. Ett ungt barns sinne är öppet och deras förmåga att ta in verkligheten är helt normalt. Vid cirka fem års ålder har dock föräldrarna förstört denna förmåga om inte barnen satts i särskild skola. Ett ständigt tjatande om att "nej, något sådant finns inte" varje gång barnet pekar på ett troll kommer oåterkalleligen att dra en avskärmande hinna över barnens förmåga att se det som verkligen rör sig i skuggorna. Barnen började helt enkelt se sådant som godkänts av de vuxna och magin med att se saker som tidigare varit så naturlig försvinner. Som exempel kan en liten hasselbackares blå ögon i dikeskanten blir till en räv. En konstig virvel som dansar i dimmans täta täcke måste bero på vinden. Konstigt nog används den förklaringen även då det är helt vindstilla. De trygga föräldrarna gjorde helt enkelt sitt bästa för att få barnen att se det de förväntades att se. Naturligtvis gjorde de det inte medvetet, de var själva fostrade på det viset och hade fått sina ögon stängda för länge sedan. De visste helt enkelt inte bättre. När han tänkte på det kunde Junior inte göra annat än att hålla med morfar i hans resonemang om de trygga; de var helt enkelt skvatt galna. Varför var det så viktigt för trygga att rätta ett barn som högt sa det som ögonen visade?

Det var på grund av detta som det fanns en gyllene regeln inom byrån för att kunna bli trolljägare, eller för den delen drakjägare. Barnen måste tas från sina föräldrar före fem års ålder. Det var den regeln som Lisa motsatt sig när det gällde Junior. Hon hade envist hävdat att med två föräldrar som jobbade inom byrån fanns det helt enkelt inte en chans att Juniors ögon skulle stängas. Drottning Elizabeth II och rektorn för skolan i Andalusien hade motvilligt gett med sig men de skulle komma att följa Juniors utveckling mycket noga. Nu verkade det som om de tyckte att deras lilla experiment hade misslyckats. Både drottningen och rektorn ansåg att ett barn som fötts av byråns egen superstjärna ofrånkomligen skulle bli en stor stjärna själv. I Junior såg de inte sina stora förhoppningar infrias. Han var helt enkelt något av en besvikelse i deras ögon. Man fick nog hålla med Junior om att de ställde orimligt höga krav. Han förväntades att utföra en trolljägares uppgifter redan innan han fått sin första lärlingsplats. Inte ens Lisa hade ställts inför det kravet.

Maggi satt på sängkanten klädd i en ljusblå sjukhuspyjamas. Hon var trots allt glad över att hon inte längre behövde bära det där hopplösa plagget som knäpptes i ryggen. Det hade varit omöjligt att böja sig framåt utan att visa rumpan för alla som var i närheten. Nu bar hon ett par vida byxor och en långärmad skjorta. Två läkare, en skötare och hennes pappa stod innanför dörren. Hennes sår och skador hade läkt alldeles utmärkt och reflexerna var precis så bra som man kunde förvänta sig hos en trettonåring. Det som fick läkarna att se oroade ut var pappans berättelse om att när Maggi kommit hem hade hon påstått sig ha sett ett litet troll kila över golvplankorna. Läkaren såg ner på sina papper och vände sig till Patrik utan att kunna dölja ett leende:

– Berätta igen om den där händelsen dagen efter att Maggi kommit hem.

Patrik såg på honom med rödkantade ögon samtidigt som han oroligt vred sina händer.

– Alltså, det var ingen stor grej. Vi har ett litet musproblem i huset och ett av de små kräken sprang över köksgolvet. Maggi såg den och blev alldeles vild. Hon hävdade att det hade varit en varelse som sprungit på två ben. Jag såg den aldrig men möss brukar i regel inte springa på två ben så något konstigt var det.

Läkaren nickade instämmande innan han vände sig till Maggi.

– Kan du försöka förklara vad det var du tyckte dig se?

Maggi stirrade stint ner på sina skospetsar och brydde sig inte om att se på honom. Hon hade redan förstått att läkaren inte skulle tro på hennes berättelse. Ändå gjorde hon ett tappert försök. Maggi var trots allt en synnerligen envis flicka.

– Det var inte en mus, om inte möss springer på korta, knubbiga ben och har grönt hår förstås. Det var en liten

varelse som såg ut ungefär som sådana där penntroll som
var så populära när mamma var liten.

Läkarens leende blev bredare samtidigt som han nickade
igenkännande och gjorde en liten notering i journalen.

– Då tolkar jag det som om du tyckte dig se ett litet troll
springa över ert köksgolv?

Maggi rynkade pannan när hon hörde tvivlet i läkarens röst.
När hon väl såg upp djupnade rynkan i pannan. Det syntes
tydligt att läkaren inte trodde på ett ord av vad hon sa. Med
en djup suck fortsatte hon ändå envist att hålla fast vid sin
berättelse. Hennes röst fick en vass ton när hon gjorde ett
sista desperat försök att få honom att tro henne.

– Det var ett troll. Inte med rosa hår eller så men det hade
samma form som ett sådant där penntroll men det var grått i
färgen och hade mossgrönt hår.

Den läkare som stått i bakgrunden lutade sig fram och
viskade något till skötaren. Denna nickade och gjorde en
notering på sin platta som han sedan räckte över till läkaren
som ställt frågorna. Mannen läste snabbt igenom texten
innan han vände sig till Patrik. Han försökte att dölja sitt
roade leende men misslyckades kapitalt.

– Jag rekommenderar att hon får vidare vård av
specialister på psykiatriska sjukhuset i Aberdeen. De har ett
bra program och med lite tur kan Maggi få den hjälp hon
behöver för att kunna återgå till ett normalt liv. Tyvärr

verkar det som om hon drabbats av syrebrist och att hennes fantasi helt enkelt har tagit över. Hjärnan har med största sannolikhet tagit skada och även om vi inte hittar det skadade området så är det ganska uppenbart. Hon kommer att behöva en längre tid av psykiatrisk vård men med lite tur kommer hon att kunna återvända hem igen. Förhoppningsvis kommer terapin att stimulera hennes hjärna så att skadorna kan läka.

Maggi suckade uppgivet, det var väl självklart att ingen trodde henne. För mindre än en vecka sedan skulle hon inte heller ha trott på det hon nyss berättat. Frånvarande sökte sig hennes fingrar till halsbandet som hon ärvt efter sin mamma. Först trevade hennes fingrar håglöst vid halsen innan de plötsligt stannade. Hon hittade varken smycket eller den tunna guldkedjan. Med ansiktet förvridet av oro vände hon sig till sin pappa. Paniken syntes tydligt i hennes ögon.

– Halsbandet är borta. Har du tagit hand om mammas halsband?

Lisa var utom sig av ilska. Den förbaskade rektorn hade haft mage att påstå att det var hennes och Toms fel att Junior inte kommit så långt i utvecklingen som de hade förväntat sig. Tom hade bara skakat på huvudet och flinat. I hans värld var det inget fel på Juniors utbildning. Pojken hade valt trolljägarutbildningen men hade trots det en god kunskap även när det gällde drakar. Han hade helt enkelt lätt för att lära sig. Dessutom hade Tom för länge sedan förstått att byråns krav på Junior var orimligt höga bara för att han råkade vara Lisas son. Hans funderingar avbröts abrupt av Lisas plötsliga utbrott när hon återigen fräste:

– Bara för att han inte lyckats döda ett troll under sommarlovet så är han plötsligt ett misslyckande? Hur vågar den pompösa knölen ens påstå något sådant. Vilken annan elev har behövt visa upp ett dött troll innan de ens fått börja som lärling?

Tom såg roat om än också något förvånat på henne innan han med en axelryckning svarade:

– Han sa faktiskt inte att Junior är ett misslyckande. Bara att han behöver lite mer tid i skolan.

Lisas ögon blixtrade till när hon såg på sin make och rösten gick upp i ton när hon replikerade:

– Hade han gjort det skulle jag slitit halsen av honom. Vet du att den där eländiga byråkraten inte ens klarar av något så enkelt som att dräpa en indisk isdrake? Den fegisen ringde in hjälp från alla håll och kanter så fort en liten drake visade sig i närheten av skolan.

Tom kunde inte längre dölja sitt leende när han svarade:

– Men det är väl klart att jag vet. Jag var också med vid den händelsen. Faktum är att jag blir lite ledsen av att du inte minns det. Vi träffades faktiskt för första gången under den jakten. Du kanske inte kommer ihåg men jag kommer aldrig att glömma hur jag plötsligt ställdes öga mot öga med en ängel i vit rustning. Hade den odugliga rektorn inte begärt hjälp hade vi förmodligen aldrig träffats. Dessutom var det inte en liten drake. Om vi bortser från den lilla detaljen om storleken så tycker jag nog ändå inte att en amatör ska försöka sig på att jaga en indisk isdrake på egen hand. Även om du tycker att de är ofarliga så listas de faktiskt som ett av världens farligaste djur.

När han tystnade log Lisa och reste sig på tå för att kyssa honom.

– Hm, jag tänkte inte på det. Naturligtvis kommer jag ihåg hur vi träffades. Förlåt älskling, jag blir bara så upprörd över den korkade drummelns kommentarer.

Hon slog sina armar om Toms hals och kysste honom återigen, den här gången passionerat. Bakom dem hördes Juniors buttra röst:

– Men kan ni lägga av med det där? Fattar ni hur pinsamma ni är när ni gör så där ute bland folk?

Han hade en månad på sig att bevisa att han inte behövde ett år till i skolan och han visste inte riktigt hur det skulle gå till. Mammas plan gick ut på att låta honom återvända till Sverige och morfar. Själv ville han helst stanna hemma. Nu när han visste hur han skulle bära sig åt såg han Doormoorheden som sin största möjlighet. Rektorn hade varit tydlig: *"Visa upp ett resultat och vi kan låta dig påbörja din lärlingstid"*. Junior grymtade surt:

– Bara för att Lisa Jäspersson är min mamma ska jag plötsligt behöva bevisa att jag kan jaga innan jag ens fått en lärlingsplats. Visa mig en enda annan elev som behövt lägga upp ett dött troll framför rektorns fötter för att få bli lärling.

Patrik McGregor lät tårarna rinna fritt över kinderna när han gick ut genom sjukhusets grindar. Maggi hade nu varit intagen på Aberdeens psykiatriska klinik i en vecka och Patrik hade hoppats att hon skulle ha gjort några framsteg. Först hade det faktiskt sett ut som om hon blivit bättre men under en promenad i trädgården hade hon plötsligt ropat till och pekat:

– Såg du den där? Det var en sådan där liten varelse som springer på två ben. Den försvann in under busken.

Han tyckte sig ha sett en sparv hoppa in under busken och den hade förvisso hoppat på två ben men någon magisk liten pyssling hade det definitivt inte varit. Maggi hade dock bestämt hävdat att det hade varit ett sådant där litet penntroll igen. Patrik orkade inte längre med alla dessa ständiga motgångar. Sedan cancern tog Margret hade han inte varit någon bra far åt Maggi, det visste han mycket väl. Spriten hade blivit hans nya älskarinna och den hade varit hans tröst när sorgen efter hustrun blivit för stor. Att han tröstat sig med ett rus då och då hade hjälpt honom att glömma men det hade också gjort att hans stackars dotter hamnat i kläm. Naturligtvis saknade hon sin mamma lika mycket som han saknade sin fru. Hade han bara varit mer närvarande kanske det här inte skulle ha hänt. Tack vare hans oduglighet som far hade hon nu blivit skadad och skulle kanske aldrig mer kunna leva ett normalt liv. Han snörvlade ynkligt och torkade bort tårarna. Om Maggi någonsin skulle kunna komma hem var han tvungen att få ordning på sitt liv. Det var dags för honom att skärpa sig och ta hand om sin dotter. I morgon skulle han ta tag i saken och göra sig av med spriten en gång för alla. Hans dåliga samvete fick honom att lova sig själv att aldrig mer ägna sig åt dryckenskap. Den var dags att bli en riktig pappa och axla det ansvar som det innebar. Han tog ett par djupa andetag och kände sig något bättre till mods. Väl utanför sjukhusets järnstaket rätade han på sig och styrde stegen mot närmaste pub. I morgon skulle han göra sig av med spriten men just nu kunde han behöva en drink.

Junior satt och halvsov i bilens baksäte. Att sova helt och hållet hade varit en utmaning då Lolu ständigt buffade på honom så fort han slutade att klappa henne. Han var trött och kände sig missmodig. De hade bråkat en hel del under resans gång utan att komma fram till någon lösning.

Mamma envisades med att han skulle åka till morfar i Sverige. Pappa försökte i vanlig ordning glida med utan att ta någons sida. Junior däremot ville inte åka någonstans. Han ansåg fortfarande att hans största chans till en lyckad trolljakt låg uppe vid Doormoorheden.

När han råkat nämna att de faktiskt hade den största populationen av glastroll i hela Storbritannien utanför dörren hade mamma blivit upprörd.

– Även om morfar lyckats lura i dig att troll ur nattmarefamiljen är de farligaste trollen i världen så är glastroll inget att leka med. För det första så jagar de i grupp och för det andra så är de nästan omöjliga att upptäcka eftersom de envisas med att jaga i dimma. Vet du hur många duktiga trolljägare som slutat sina dagar ute på Doormoorheden?

Junior svarade inte på frågan utan ställde i stället en egen:

– Är inte kärrtrollen de farligaste trollen i mellanstorlek?

Mamma svarade naturligtvis inte på frågan utan fortsatte bara med att läxa upp honom.

– Det spelar ingen roll. Du går inte i närheten av Doormoor när dimman dragit in. Blir du omringad så är du chanslös.

Lisas ord var stålhårda och tålde inte att ifrågasättas. Junior kände sig tillplattad och hade helt missat den tydliga oron

som fanns i hennes röst. Han kunde helt enkelt inte förstå
att hon innerst inne var livrädd för att han skulle bli skadad.
De hade lämnat Andalusien för ett dygn sedan och hade
sedan åkt hela vägen upp till den franska kusten. Därifrån
hade de tagit färjan över engelska kanalen och landat i
Dover. Nu sniglade sig bilen fram i Aberdeens bilköer
vilket betydde att de snart skulle vara hemma. Junior
blundade och lutade huvudet mot nackstödet bara för att
omgående få en blöt hundtunga rakt över ansiktet. Han
knuffade irriterat undan Lolu och vände sig mot fönstret.
Ett stort gräddfärgat hus med en enorm och synnerligen
vacker och välbesökt trädgård gled förbi utanför fönstret.
Genom det höga staketet såg han människor gå omkring.
Några av dem hade vanliga kläder och andra var klädda i
ljusblå overaller. Först trodde han att det var ett fängelse
men ögonblicket senare såg han skylten som berättade att
det var ett sjukhus. Han hade ganska snart tappat intresset
men när bilen stannade vid ett rödljus hade han åter börjat
följa de blåklädda till synes planlösa promenader med
blicken. Plötsligt slutade han nästan att andas och ögonen
spärrades upp. På en bänk mitt i trädgården satt en rödhårig
flicka. Hennes kinder och den lilla uppnäsan täcktes av en
förtjusande uppsättning fräknar. Munnen som var som
gjord för att kyssas var lika röd som sommarens första
smultron. Junior tryckte ansiktet mot fönstret när bilen

långsamt började rulla, det var flickan från heden och hon led fortfarande av sina skador. Varför skulle hon annars vara kvar på sjukhuset?

8. Flyktingen

Maggi väntade tålmodigt på att psykologen skulle hitta sina bläckfläckade tavlor. Hon var vid det här laget van vid de ändlösa frågorna och de följande tillrättavisningarna efter sina ärliga svar. Det spelade ingen roll vad hon sa, de trodde henne inte och skulle förmodligen heller aldrig göra det. Nu var hon en synnerligen envis flicka så att bara jamsa med låg inte för henne. Hon ville inte låtsas som om det där som hänt uppe på heden inte var på riktigt. Maggi hade envist hållit fast vid sin historia trots att den ständigt fick den vänliga psykologen att förklara hur omöjlig hennes berättelse var. Deras möten brukade sluta med att hon fick en lång utläggning om att hon drabbats av en allvarlig skada i huvudet och därför drömde mardrömmar. Maggi hade faktiskt kunnat köpa den förklaringen om det inte varit för att hon efter olyckan börjat se pyttesmå troll både här och där. Hade det bara varit en mardröm så skulle den ju rimligtvis vara över nu och då borde hon inte kunna se dem. Hon släntrade ut ur sjukhusets stora mottagningssal för att styra stegen bort mot bänken under pilen. Den hade blivit hennes favoritplats under sjukhusvistelsen. Platsen var trevlig av flera anledningar, dels vette den mot vägen så att hon fick en glimt av världen utanför, dels verkade det bo ett sådant där litet troll invid pilens stam. Satt hon tyst och stilla hände det att den lilla krabaten kom pilande och försvann in i en liten håla mellan rötterna.

Det var bestämt, han skulle till Sverige. Mamma hade vägrat att lyssna på hans invändningar och pekat med hela handen. Hon hade till och med förbjudit honom att ens besöka heden igen. Glastroll är oändligt mycket farligare än hasselbackare hade hon sagt och dessutom var de enligt henne nästan omöjliga att upptäcka inne i dimman. Han ville skrika åt henne att han visste exakt hur farliga de var och att de faktiskt inte var alltför svåra att upptäcka bara man kom tillräckligt nära. Precis när han öppnade munnen kom han dock på att han inte kunde berätta. Han hade i stället svalt orden och stormat ut ur huset med siktet inställt på stallet. Hasselbackare var kanske inte lika glupska som glastroll men det fanns också kärrtroll i Sverige och de var faktiskt mycket farligare. Tårarna brände innanför ögonlocken och han orkade helt enkelt inte lyssna längre. Den enda som inte var emot honom just nu var Black och det var till hästen han alltid vände sig när hans känslor svallade. Många av hans tidigare tårar hade runnit utmed Blacks borstiga mule. Den kloka ponnyn lyckades alltid få honom på bättre humör.

Lisas oro låg som en blöt filt över henne. Hon var orädd av naturen och kunde utan att tveka riskera sitt liv när som helst. Rädsla var en ny och ovan känsla som allt oftare gjorde sig påmind nu för tiden. Hon visste inte hur hon skulle hantera den. Problemet var att det inte var hennes liv som skulle riskeras, det var Juniors. Hennes omsorg om sonen hade naturligtvis med ömma moderskänslor att göra men förmodligen spelade även hennes naturliga instinkt att skydda in. När han rusade i väg fick hon en klump av sorg i halsen då hon egentligen förstod hur han måste känna. Hon kunde bara inte skaka av sig den där fruktansvärda känslan av att han skulle råka illa ut om hon inte fanns där. Med fasa tänkte hon på att hon kanske inte skulle finnas tillhands när han behövde henne. Hon suckade tungt och skakade bedrövat på huvudet. Hur skulle hon få honom att förstå att han betydde allt för henne? Rädslan över att han skulle bli skadad eller ännu värre dödad fick henne att bete sig som en överbeskyddande hönsmamma men hon kunde helt enkelt inte hjälpa det. Lisa kunde inte ens för sig själv erkänna att hon var livrädd för den dag då Junior skulle vara stor nog för att ta hand om sig själv. Den där hemska dagen då han skulle flytta hemifrån och inte längre behöva hennes beskydd.

Dagen därpå uppenbarade sig en oväntad möjlighet för

Junior. Lisa hade fått ett samtal där hon blivit ombedd att
åka till Algeriet. Tydligen hade västafrikanska sandtroll
börjat härja bland beduinernas getter och den lokala
avdelningen ville ha experthjälp. Jägaren som bevakade
distriktet hade ringt strax därefter och förklarat att de
förmodligen hade att göra med två av öknens jinner och att
han verkligen kunde behöva hennes hjälp. Efter samtalet
muttrade hon för sig själv en stund innan hon vände sig till
Junior och spände ögonen i honom.

– Du håller dig hemma tills pappa kommer ner från
reservatet. Det dröjer kanske någon vecka men du håller
dig hemma. Inte ett steg utanför våra murar, har du förstått?
Junior visade inte med en min vad han tänkte utan svarade i
stället med en oskyldig fråga:

– Tar du med dig Lolu eller ska hon stanna här och vakta
mig?
Lisa fick en fundersam rynka i pannan och var tyst en lång
stund innan hon svarade:

– Jag kommer att behöva henne så hon följer med mig.
Skulle du känna dig ensam är det bara att ringa. Det
kommer att gå bra ska du se. Allt du behöver göra är att
hålla dig hemma tills pappa kommer tillbaka.
Utstuderat lugnt vände sig Junior bort så att hon inte skulle
se hans leende. Det hade snabbt gått upp för honom vilken
möjlighet som helt oväntat hade uppenbarat sig. Mamma

skulle vara borta minst ett par veckor och även om pappa kom hem tidigt skulle han vara mycket lättare att ha att göra med. Pappa var drakjägare och var inte helt insatt i vilka troll som var farliga och vilka som inte var det. Pappa var helt enkelt hanterbar.

Junior hade dock ett annat problem som han inte visste hur han skulle lösa. Flickan som han räddat ur trollens käftar hemsökte fortfarande hans drömmar om natten. Hur han än vände och vred på det kunde han inte förstå varför hon fortfarande var kvar på sjukhus. Rimligtvis borde hon vara frisk och kry vid det här laget. Junior lämnade gården nästa dag utan att tala om vad han hade för planer. Sadelväskorna var packade och pilkogret var fyllt till bristningsgränsen. Han var sammanbiten när han långsamt skrittade längs stigen mot Doormoor. När mamma kom hem igen skulle han minsann kunna visa henne vad han åstadkommit. Det var först när han passerade bäcken det slog honom. Han kunde inte visa upp någonting utan att först bryta mot hennes regler. Han fick inte vara vid heden, eller ens utanför gårdens murar. Junior stönade uppgivet och vände ponnyn så att den vadade genom den grunda bäcken en andra gång. När solen för en liten stund bröt igenom molntäcket glimmade något till i bäckens klara vatten. Junior höll in Black i strömmen och stirrade ner i vattnet.

Han var inte helt säker, men visst var det ungefär här som han hade sköljt av flickans kropp. Lutad över ponnyns hals studerade han bäcken och kände igen vissa stenar. Det var precis på den här platsen som han låtit fingrarna rör vid hennes ansikte och förundrats av hennes skönhet. Bekräftelsen på att han hade rätt glimmade återigen mot honom från bäckens botten. Vigt hoppade han av och landade på strandbrinken. Försiktigt som om det glimmande föremålet skulle vara något farligt sträckte han sig efter det. När han slutligen hade det i handen såg han en tunn guldkedja i vilken det hängde ett lite hjärta.

Han slöt handen och såg tankfullt upp mot himlen. Halsbandet måste tillhöra flickan och hon ville säkert ha tillbaka det. När han satte fart på Black hade han bestämt sig. Han skulle åka till det där sjukhuset och lämna tillbaka halsbandet. Med lite tur skulle han hinna hem igen innan pappa kom tillbaka.

Tom slängde in asbestdräkten i vedboden och stängde den knarrande dörren. Dräkten var full med sotfläckar och stank av brandrök men hade ännu en gång räddat hans liv. En europeisk gröndrake var inget man lekte med hur som helst. Just den här hade varit ganska liten men hade ändå lyckats blåsa ett par rejäla eldstormar mot honom. Det vill säga, tills lansen träffat dess bröst. Då hade både eldstormarna och draken liv tagit slut.

Han öppnade ytterdörren som till hans förvåning varit låst.

– Junior, jag är hemma! ropade han samtidigt som han sparkade av sig stövlarna ute i hallen.

Endast en kompakt tystnad svarade honom. Tom blev inte särskilt orolig. Även om grabben var hemma över sommaren brukade han sällan vara inne i huset. Oftast hängde han ute på höglandet tillsammans med sin häst. Toms leende blev bredare; den där hästen hade blivit Juniors bästa vän och ibland undrade han om inte djuret kunde läsa pojkens tankar. Nu var de förmodligen där ute och gjorde något som skulle få Lisa att explodera av ilska om hon kände till det. Toms leende blev ännu bredare när han tänkte på sin passionerade hustru. Hon ville alla så väl men hade inte riktigt förstått hur pojkar fungerade. För Lisa var regler obrytbara och hon accepterade inte att pojken ständigt försökte tänja på dem. För honom och Junior fungerade Lisas benhårda regler mest som riktlinjer. Regler var bra att ha men ibland var man helt enkelt tvungen att bryta mot dem. Var man dessutom så ung som Junior bröt man ibland mot dem bara för att se om det gick. Han skakade roat på huvudet och tänkte på Jans många berättelser om hur Lisa hade varit som lärling. Då hade regler minsann inte varit så viktiga. Grabben var nog mer lik sin mor än hon ville inse.

Ett blekt sken spred sig från den ensamma gatlampan som vajade i vinden. Junior trampade oroligt på stället och spanade bort längs vägen. Bussen till Banchory skulle snart avgå och ta honom den första biten. När han väl var i Banchory skulle han vänta ett par timmar för att på morgonen ta en ny buss som gick vidare till Aberdeen. Junior hade förvisso åkt genom den stora kuststaden ett par gånger tidigare men han hade aldrig besökt den på riktigt. Något naivt trodde han att han skulle kunna se den stora sjukhusbyggnaden från busstationen. Väl ombord på bussen lutade han sig mot rutan och somnade. Det skulle ta några timmar innan han var framme.

Klockan hade passerat midnatt när Tom slutligen bestämde sig för att börja leta. Junior borde ha kommit hem när det skymde men han hade inte sett skymten av vare sig hästen eller Junior. Tom slängde nonchalant upp båge och koger på ryggen innan han stängde ytterdörren. Det första, och faktiskt det enda, han gjorde var att gå ut till stallet. Sekunden senare stod ytterdörren på vid gavel och Tom vred febrilt på väggtelefonens svarta trissa. Junior var inte ute och red. Både sadel och träns hängde i stallet och när han kontrollerat Juniors rum hade det visat sig att båge och svärd låg undanstoppade på sina platser. För första gången sedan han kommit hem såg Tom orolig ut. Junior hade stuckit i väg och han hade inte en aning om vart. Trampande på stället väntade han på att bli kopplad till Lisas mobil. Kanske hade hon en aning om vart pojken kunde ha tagit vägen.

9. I betraktarens ögon

Bussen hade svängt in på Aberdeens busstation tidigt på morgonen och chauffören hade fått skaka om Junior för att han skulle vakna. Först sträckte han på sig och såg sig förvirrat omkring. När han väl förstått var han befann sig tog han sin väska och släntrade av bussen. Det var först när han stod på trottoaren som han insåg hur stor stad Aberdeen var. Bussen hade stannat vid ett torg inhägnat av höga hus. Även om Junior hade en god förmåga att navigera efter väderstrecken så var han ändå vilsen när stadens ljud och höga byggnader överväldigade honom. Han visste inte ens åt vilket håll sjukhuset låg. När han försökt fråga sig fram visade det sig att det fanns flera sjukhus i Aberdeen. För Junior var detta helt otroligt. Hur ofta blev stadsbor sjuka egentligen? Förmodligen ofta om de var tvungna att ha mer än ett sjukhus. Trevande och tveksamt började han försiktigt att navigera i den obekanta stadsmiljön. Uppe på höglandet kunde han hitta hur lätt som helst men i en storstad fungerade inte hans inbyggda kompass. Buller och trängsel fick honom att förvirrat irra planlöst på de vindlande gatorna. Det var först när dagen gick mot kväll som han äntligen trodde sig ha hittat rätt. På andra sidan vägen låg ett stort gräddfärgat hus omgärdat av en park och höga staket. Med blicken fäst på byggnaden tog han ett oförsiktigt steg rakt ut i den fyrfiliga genomfartsleden. Ett ilsket ylande från ett signalhorn fick honom att hastigt hoppa tillbaka upp på trottoaren. Förvånat och faktiskt lite räddhågset såg han sig om för att försöka luska ut hur stadsbor bar sig åt när de ville komma över. När han efter visst snokande lyckats lista ut hur det hela gick till var det hur enkelt som helst. Man tryckte bara på en knapp och väntade tills en lampa visade en grön gubbe.

Maggi satt i skuggan under pilträdets böljande grenar och stirrade håglöst ut genom gallerstaketet. In i minsta detalj hade hon beskrivit vad som hänt uppe på heden men det hjälpte inte. Den psykolog som hade hand om hennes fall hade tålmodigt återkommit till samma frågor dag efter dag. Han trodde inte på hennes historia och försökte hela tiden få henne att förstå hur tokigt det lät. På sätt och vis kunde hon förstå läkaren. Den sympatiske mannen kunde mycket väl ha rätt, hon var förmodligen tokig. Ingen vettig människa kunde väl gå och tro att de blivit uppätna av ett genomskinligt troll? Hon rynkade på näsan och skakade sakta på huvudet, det lät faktiskt som något som en komplett galning skulle kunna säga. Det var bara det att Maggi var ganska säker på att det var precis det som hade

hänt. Det kunde naturligtvis vara som läkarna sa, att hon
haft mardrömmar efter sin svåra cykelolycka. Det
förklarade dock inte varför hon numera såg saker. Hon
sneglade ner mot hålet vid pilens rötter. I dag hade den lilla
varelsen inte visat sig men hon visste att den bodde där.
Nej, hon var nog ganska säker på att det inte hade varit en
dröm. Faktum var att en liten del av henne hoppades att det
hade hänt på riktigt. Hon suckade längtansfullt och fick
något drömskt i blicken. Om allt bara hade varit en dröm
skulle ju den stilige riddaren som räddat henne inte finnas
på riktigt. Den drömska glöden slocknade snabbt och
ersattes av envishet. En sådan ståtlig man kunde man inte
bara hitta på, klart att han fanns på riktigt. Maggi vägrade
tro att hennes stora kärlek bara var en dröm. Hon tänkte ge
sig ut och leta efter honom. När hon väl hade riddaren i
sina armar skulle hon slutligen veta att det inte hade varit
en dröm.

Juniors hjärta bultade som en stånghammare när han
spanade genom staketet. Flickan satt på en bänk under ett
stort pilträd bara ett tjugotal meter ifrån honom. Han följde
staketet tills han kom fram till en välvd gjutjärnsgrind. De
båda grindhalvorna stod öppna men mitt under valvet stod
en medelålders man i en grå uniform. Ordet vakt var
prydligt broderat över bröstfickan. När Junior försökte

smita förbi sträckte mannen ut en arm för att stoppa honom.
Vakten såg länge på sin fångst innan han, förvånansvärt
vänligt frågade:
– Jaha, och vem ska du besöka?
Överraskad av frågan stirrade bara Junior rakt fram innan
han fann sig och pekade bort mot pilträdet.
– Jag ska, öh. Jag ska besöka henne där borta.
Mannen vred inte ens på huvudet utan höll sin blick stadigt
fäst på Junior.
– Här får bara familjemedlemmar komma in och då bara
under besökstid.
Junior såg uppriktigt förvånad ut men bröt sedan utan en
sekunds tvekan mot mammas stenhårda regel om att man
inte fick ljuga. Han tog i och ljög så det sjöng om det.
– Jag är hennes kusin och visst är det väl besökstid nu?
Mannen skrockade roat och skakade sakta på huvudet när
han svarade:
– Ni ungar har tydligen ingen som helst koll på tiden.
Besökstiden börjar om tjugo minuter, men gå in du
grabben. Maggi kan behöva någon som muntrar upp henne.
Junior tackade och kilade sedan snabbt in på det inhägnade
området. När han närmade sig bänken som doldes under
pilträdets vajande draperi av grenar tvekade han. Hur skulle
han gå till väga för att presentera sig? Junior hade förvisso
precis fått reda på vad flickan hette men frågan var hur det

kunde hjälpa honom. Han sög ett ögonblick på namnet som om det hade varit en söt karamell. Hon hette Maggi, det var ett vackert namn som passade henne perfekt.

Jan Jäspersson hade packat in sina saker i bilen och var redo att åka när han med ett stön förstod att även Joanne hade tänkt följa med. Hans missmodighet berodde naturligtvis inte på att han inte uppskattade sällskapet. Nej absolut inte, det berodde på att han för länge sedan hade insett att kvinnor helt enkelt inte kunde packa snabbt. Han fick mycket riktigt vänta i bilen i över en halvtimme innan hon var klar. När de väl hade kommit i väg blev de dessutom tvungna att vända redan efter en kvart. Det berodde förvisso inte på Joanne utan på att Jan hade glömt att ta med sina pilar. Grymtande som en gammal vildsvinsgalt trampade han gasen i botten. Naturligtvis hade han inte kunnat låta bli att fälla en liten spydig kommentar om kvinnors oförmåga att vara klara i tid innan de åkte. Nu väntade han bara på att Joanne skulle kontra. Hon sa inte ett ord om saken men hennes leende blev bredare ju närmare stugan de kom. När de slutligen hämtat de kvarglömda pilarna och lämnade gränsstugan för andra gången var Jan så frustrerad att han gnisslade tänder. Joanne bet sig i läppen för att inte brista i skratt åt hans bistra uppsyn. Oskyldigt sneglade hon mot honom innan hon med en ängels röst frågade:

– Lilla gubben, har du med dig allt nu eller vill du att mamma ska kontrollera din packning?

Det såg ut som om hon hade tänkt säga någonting mer men hon hann inte. Det gick helt enkelt inte att hålla tillbaka längre utan hon brast ut i ett vilt frustande skratt.

Jan gjorde ett tappert försök att se bister ut men en lätt road rynka spelade i hans ena mungipa. Just den lilla detaljen avslöjade att han insett sitt misstag. Det var kanske inte alltid bra att stressa när man skulle i väg. Han sneglade på sin hustru och kunde inte hålla tillbaka ett lågt skrockande. Joanne skrattade så att tårarna sprutade. Det här skulle nog bli en trevlig resa.

Hela idén med den här resan hade börjat med att Lisa ringt. Hon hade varit utom sig av oro och dessutom tvärilsk då Junior tydligen gett sig ut på ett litet äventyr. Själv var hon fast i Algeriet så frågan hade varit om Jan och Joanne kunde hjälpa Tom med letandet? Samtalet hade kommit för en timme sedan och nu var de alltså på väg. Jan var inte så värst orolig, pojken hade inte gett sig ut på jakt då både utrustningen och hästen var kvar på gården. Han misstänkte att Lisa snart skulle få ha ett litet samtal med Junior om hur illa en vidsynt och en trygg passade tillsammans. Jan var nämligen ganska säker på att Junior hade gett sig av för att träffa en flicka.

Maggi såg förvånat upp när en mörkhårig pojke plötsligt harklade sig bredvid henne. Nervöst trampande med orolig blick stod han och såg på henne. Hon skärskådade honom snabbt och blev ganska nöjd av det hon såg. Han var bredaxlad för sin ålder och såg bra ut. Ett stiligt om än något kantigt ansikte som ramades in av mörkt hår som föll i lockar ner över hans axlar. Ögonen var djupblå och vilade tryggt under ett par välmarkerade ögonbryn. Den enda egentliga nackdelen som Maggi kunde se var att han förmodligen var yngre än henne. Troligtvis var han elva eller tolv år vilket för en trettonårig flicka var alldeles för ungt.

   – Hej, ville du något eller? frågade hon, noga med att låta nonchalant.

   – Öh, jag tänkte att, alltså…

Junior tystnade, osäker på hur han skulle fortsätta.

Roat såg hon på den osäkre pojken och lade huvudet lätt på sned i väntan på att han skulle komma till saken. När han fortsatte att stamma utan att komma någonstans höjde hon ett ögonbryn och lyfte frågande händerna.

Han rätade plötsligt på sig och hon såg hur han tog sats innan han svarade:

   – Jag heter Junior, alltså jag heter inte Junior men jag

kallas för det. Jag heter egentligen Jan men min morfar heter också Jan så jag kallas inte för Jan utan för Junior, men jag heter egentligen Jan. Fast alla kallar mig Junior. Alltså, om du vill kan du kalla mig Junior.

Pojkens obegripliga pladder fick Maggi att skratta vilket i sin tur fick vakten borta vid grinden att le. Han tyckte synd om flickan som alltid såg så sorgsen ut och att höra henne skratta visade bara att han hade gjort rätt när han släppte in pojken som låtsats vara hennes kusin.

– Nå Junior, vad vill du mig då? frågade Maggi fortfarande skrattande.

Han svarade inte utan höll fram sin öppna hand så att hon kunde se vad som låg i den. Nyfiket lutade hon sig fram och drog sedan häftigt efter andan. Mitt i handflatan glimmade ett litet guldhjärta med tillhörande kedja. Med en kobras snabbhet ryckte hon åt sig halsbandet för att sedan höja blicken och frågande se in i den främmande pojkens himmelsblå ögon.

– Var hittade du det här? Jag fick det här halsbandet i arv efter min mamma och tappade bort det precis innan jag hamnade här.

Hon slog ut med händerna för att visa vad hon menade. Junior såg inte faran i den försåtligt ställda frågan och svarade därför sanningsenligt:

– Det låg i en bäck uppe vid den förbjudna heden och jag

tänkte att det kanske kunde tillhöra dig.

Nu först insåg han sitt misstag. Om inte annat så av det han såg i hennes blick. Den djupa misstänksamheten borrade in sig i honom som ett glödande spjut. För att försöka rädda situationen fortsatte han:

– Det var väl du som råkade ut för olyckan på vägen? Jag tänkte att det kanske hade hittats av en skata nere vid vägen och att fågeln sedan tappade det uppe vid heden.

Han kunde inte låta bli att grimasera när han hörde hur osannolikt dumt det lät. Dessutom såg han i hennes ögon att hon inte trodde på ett ord av vad han sa. Ögon som just nu flammade av vrede men som samtidigt dolde en underbar värme. Plötsligt, och utan att förstå hur det gått till hade han fastnat i dem. Hon hade de vackraste hasselnötsbruna ögon han någonsin sett och de matchade hennes små fräknar perfekt. Flickan framför honom var som en prinsessa hämtad från drömmarnas värld. Hon hade fått Junior att tappa fotfästet och han förstod mycket väl att han betedde sig som en åsna.

Efter en lång tystnad svarade Maggi på ett sätt som antydde att hon också tyckte att han betedde sig som en åsna:

– Jag är förvisso inspärrad på ett dårhus men den där historien räknar du väl inte med att jag ska tro på? Var det verkligen det bästa du kunde hitta på?

Hon klappade befallande på bänken och fortsatte:

– Sätt dig och börja om. Jag vill veta exakt hur det gick till när du hittade halsbandet.

Två timmar senare gick Junior ut genom grinden igen. Maggi såg fundersamt efter honom. Han hade hittat halsbandet i en bäck bredvid den förbjudna heden. Om händelserna uppe på heden gått till så som hon mindes det fanns det kanske en logisk förklaring. Fundersamt gjorde hon en lista av händelseförloppet i sitt huvud; först blev jag fångad och uppäten av en varelse som rimligtvis borde ha varit ett troll. Sedan kom den där stilige riddaren till undsättning och han måste ha räddade mig. Det borde rimligtvis ha skett på ungefär samma sätt som när jägaren räddade rödluvans mormor. Alltså var han tvungen att skära upp odjuret för att få ut mig. Har man legat i en trollmage behöver man förmodligen sköljas av. Hennes ögonbryn drogs ihop och hon fick en hel rad med fundersamma rynkor i pannan. Förmodligen vill man göra det så fort som möjligt och då borde man ta med offret till närmaste vattendrag. Uppe vid heden finns det bara ett vattendrag och det är bäcken. Plötsligt sträckte hon på sig och blev alldeles varm och pirrig inombords. Med en begynnande rodnad på kinderna fantiserade hon om hur riddaren hade sköljt av henne medan hon varit avsvimmad. Den vackre mannen, (han måste helt enkelt vara vacker om han var en riktig riddare) hade förmodligen låtit sina kraftfulla händer smeka henne över hela hennes kropp. Hjärtat dunkade hårdare när hon föreställde sig hans muskulösa armar runt sin midja och hans varma andedräkt kittlandes mot sin kind. Maggi var kanske för gammal för att tro på sagor men definitivt inte för gammal för att drömma om snygga hjältar. Det slutade med att hon nästan blev arg på sig själv för att hon inte lyckats vakna i tid. Hade hon bara kvicknat till när den mystiske hjälten fortfarande höll om henne skulle hon fått möjligheten att uppleva alltihop. Maggi insåg direkt att hon var tvungen att leta reda på sin räddare. Pojken var hennes enda ledtråd och han kunde kanske hjälpa henne att finna den mystiska hjälten. Hon rusade fram till staketet och tryckte ansiktet mot gallret samtidigt som hon ropade:

– Hallå Junior, kommer du tillbaka i morgon? Jag skulle vilja träffa dig igen.

10. Jakten

– Om vi inte vet vart han skulle är det ju lite svårt att ge sig i väg och leta efter honom, eller hur?

Jan slog ut med händerna i en gest som Lisa i andra änden av telefonsamtalet naturligtvis inte kunde se.

Hennes smått hysteriska röst hördes klart och tydligt trots att Jan höll luren rakt ut i luften.

– Han måste ju vara någonstans. Ni måste börja leta!

Jan muttrade surt innan han insåg att det inte skulle löna sig att muttra. I stället sa han:

– Jo men visst, jag ska bara kolla på kartan för att se var "någonstans" ligger. Vi vet inte var han är och så länge vi inte vet det är det lönlöst att börja leta. Han är inte uppe på höglandet för han har lämnat hela sin utrustning på gården. Enligt Tom saknas hans plånbok och mobil men…

Jan tystnade en sekund och såg fundersamt upp mot taket. Han stod så en stund innan han sken upp när han plötsligt insåg något.

Lisas oroliga röst hördes fortfarande i telefonen:

– Hallå, är du kvar? Jag hör dig inte, hallå!

– Hans mobila talenhet, är det en sådan där äpple grej?

Lisa förstod inte riktigt vart han ville komma men bekräftade att Juniors mobil var en Iphone.

Tio minuter senare hade de en position. Tom skrattade och klappade Jan på axeln.

– Av alla människor att komma på spårningsfunktionen så var nog du den sista jag skulle ha gissat på. Nu vet vi ju vart han har tagit vägen.

Jan log ett snett leende och nickade diskret bort mot Joanne som stod och packade ner lite utrustning. Lågt, för att hon inte skulle höra förklarade han:

– Jag använder den funktionen dagligen då hon där borta envisas med att ständigt tappa bort sin mobila talenhet. Helt ofattbart att man kan slarva bort samma sak så många gånger på en och samma dag.

Kommentaren fick Tom att skratta så högt att Joanne misstänksamt såg upp och blängde åt deras håll. Hon pustade högljutt innan hon låtsat upprörd skakade på huvudet och muttrade:

– Karlar!

– Men om du brukar vara uppe på högplatån måste du ju veta om det finns någon som rider en ståtlig svart häst där uppe. Den ska ha blank päls och böljande man. Jag såg den inte tydligt men det såg ut som om den bar huvudet högt. Det var en väldigt vacker häst.

Maggi pressade Junior med frågor så till den milda grad att han nästan ångrade att han kommit tillbaka. Dessutom hade han inte en aning om vem det var hon letade efter. Han hade ridit runt uppe på högplatån i flera år men hade aldrig mött någon annan ryttare. Faktum var att han inte ens sett någon annan häst på högplatån. Nu blev han plötsligt utfrågad som om han satt i ett förhör om en främmande man som tydligen skulle vara stilig och som red på en svart häst med höga benrörelser och blank päls. Vad han visste fanns bara det en häst i området och det var Black. Problemet var bara det att hans ponny förvisso hette Black (som ju faktiskt betyder svart på engelska) men hästen hade i princip alla färger inblandad i sin päls utom just svart. Ponnyn hade en yvig päls i grått, brunt, smutsgult och vitt men det fanns inte ett enda svart strå någonstans i det yviga hårsvallet. Dessutom skulle den här hästen ha en böljande man och svans. Blacks man var ungefär lika böljande som en piassavakvast och pannluggen stod rakt ut och liknade mest en illa skött rakborste. Junior älskade sin ponny men han visste också att Black inte var någon ädel springare. Det skulle nog ha sett lite tokigt ut om en drömmarnas riddare suttit på honom. Black var mer att likna vid en busunge med en slangbella i bakfickan. Han ryckte slutligen på axlarna och slog ut med armarna i en frågande gest.

– Jag har inte sett någon men förklara gärna vad det är du är ute efter? Varför letar du efter en häst uppe vid heden?

Svaret fick honom att blekna och ångra att han någonsin frågat. Svaret levererades dessutom med tindrande ögon och honungslen röst:

– Den som red på den svarta hästen är min hjälte. Jag är inte helt säker på vad som hände upp vid heden men jag tror att den mannen räddade mitt liv.

Junior trodde först att han hade hört fel. Letade Maggi efter sin räddare men trodde att det var någon annan som hjälpt henne ut ur dödens käftar? För en sekund var han frestad att avslöja sanningen men ändrade sig snabbt när han såg hennes min. Hon fick något drömskt och fjärrskådande i blicken varje gång hon talade om den man som hon påstod sig ha sett. Hans hjärta frös till is när hon slutligen sänkte sin röst och viskade förtroligt:

– Jag måste hitta honom så att vi kan gifta oss. Det är så det fungerar i sagorna. Dessutom är han jättesnygg.

Junior flackade skyggt med blicken och försökte hindra orden från att lämna hans mun, dock utan att lyckas.

– Men du är typ lika gammal som jag. Är det inte lite tidigt att tänka på giftermål?

Maggi fick något lätt nedlåtande i rösten när hon svarade:

– Jag är faktiskt ett år äldre än dig och tjejer mognar mycket fortare än killar. Min blivande kille är minst 18, tror jag i alla fall.

Junior rynkade förvirrat pannan och svarade återigen utan

att tänka:

– 18 år? I så fall är faktiskt du och jag är mer passande i ålder.

Han bet bokstavligt talat nästan tungan av sig när han insåg vad han precis hade sagt. Dels för att det nästan låtit som om han frågade chans, dels för att Maggi på ett påtagligt sätt mulnade. Hennes röst fullkomligt dröp av syra när hon hetsigt for ut mot honom:

– Bara för att du hittade mitt halsband ska du inte tro något. Du kanske är snäll och så, men bara så du vet, jag dejtar inte småungar!

Junior lutade sig bakåt och såg upp i pilträdets böljande lövverk. Han visste inte vad han skulle säga. Han hade varit naiv nog att tro att allt skulle bli som han hade tänkt. Nu när han satt med facit i hand hade i stort sett ingenting blivit som han hoppats. I stället satt han som en rodnande fåne och ångrade att han någonsin åkt till Aberdeen. Det var i precis det ögonblicket som Maggi försiktigt lutade sig fram och viskade:

– Sitt stilla, den rör på sig. Ser du den där?

Nästan omärkligt nickade hon mot pilträdets kraftiga rotsystem. Junior vände försiktigt näsan mot marken och öppnade återigen munnen utan att tänka:

– Nämen, ett klapperstensknytt mitt i storstan. Det kan inte vara vanligt.

När han kände Maggis brännande blick i nacken insåg han att han ännu en gång hade trampat i klaveret.

Jan hade bestämt sig för att han skulle köra när de åkte hemåt. På den steniga grusvägen från gården ner till strandvägen hade det gått ganska bra men sedan hade Tom tryckt gasen i botten. Den stora Landrovern hade stundtals gått på tvären genom kurvorna och dessutom hade han under hela resan kört i fel fil. Tack och lov var alla andra bilister i Skottland lika galna som Tom. De hade nämligen också åkt på fel sida av vägen. Lätt grön i ansiktet och precis så butter som bara Jan kunde vara knorrade han när han klev ur:

– Visste jag inte bättre så skulle jag tro att du lärt dig köra bil av ett par kinesiska systrar.

Tom hade bara leende slagit ut med händerna och svarat:

– Vad då? Vi är framme och alla mår bra. Dessutom tror jag att det där är platsen där mobilen visar att Junior finns. Han pekade tvärs över gatan mot en gräddfärgad byggnad innanför ett högt järnstaket.

Jan grymtade något ohörbart men blev avbruten av att Joanne glatt meddelade att hon faktiskt såg Junior.

– Där är han ju. Jösses vad han ser sur ut.

Hon pekade på en pojke som gick med sänkt huvudet och händerna djupt nedstuckna i byxfickorna. Det stod klart för vem som än såg honom att han inte var glad.

Junior kände sig som en riktig idiot och hade förmodligen också betett sig som en. Han hade avslöjat att han såg det lilla klapperstensknyttet när det pilade in under pilens rötter. Hur kunde han ha varit så otroligt korkad? När Maggi förvånat frågat om han faktiskt sett något konstigt hade han dessutom försökt dölja sitt misstag genom att neka. Sedan hade allt snabbt gått åt pipsvängen. Hon hade fått för sig att han bara kommit på besök för att göra sig lustig på hennes bekostnad. Anklagande hade hon petat ett finger i hans bröst och påstått att han var ditskickad för att lyssna på Maggi när hon talade om troll och annat konstigt. Sedan hade hon pressat honom för att få reda på hur han visste att hon tyckte sig se saker. Han hade å sin sida menat att han inte hade en aning om varför hon var på sjukhuset. Då hade hon hållit upp halsbandet och frågat hur han då kunde ha vetat att smycket tillhörde henne? Han hade bitit ihop och vägrat att svara. Mest för att det skulle ha framstått som lite underligt att han åkt hela vägen till Aberdeen bara för att få träffa henne. Han kunde ju inte gärna avslöja att de faktiskt hade träffats en gång tidigare. Han kunde heller inte berätta om vad som hände den gången. Hon hade kallat honom för ljugande skitunge och bett honom fara åt, ja det där riktigt varma stället som kyrkan påstår att elaka människor kommer till när de dör. Junior hade surat ihop och helt enkelt gått därifrån. Med ansiktet tryckt mot gallret hade hon ilsket skrikit fula ord efter honom så länge han var inom hörhåll. Det sista han hade hörde var att hon aldrig mer ville se honom. Orden brände inom honom och han hade svårt att hålla tillbaka tårarna. "Håll dig borta från mig din lilla skitunge. Jag vill aldrig mer se dig, fattar du? Håll dig bara borta!"

Nu när han lugnat sig lite ångrade han att han åkt för att hälsa på henne. Morfar hade varnat honom för att en trygg som hamnat i omedelbar livsfara i närheten av ett troll kommer att börja se verkligheten. Mycket livsfarligare än att bli uppäten fanns nog inte så det borde ju ha varit självklart att hon nu kunde se alla de varelser som rörde sig i naturen. Naturligtvis skulle han bara sagt som det var och då hade de kanske fortfarande varit vänner. Hade han skött sina kort rätt skulle hon eventuellt ha kunnat tänkt på honom som sin pojkvän någon gång i framtiden. Nu var den chansen borta. Världens vackraste flicka hade skrikit och svurit efter honom och dessutom noga betonat att hon aldrig någonsin ville se honom igen. Han var så otroligt dyster att han inte märkte att tre personer närmade sig förrän en tung hand föll på hans axel.

11. Ensam

Hade det inte varit för morfar hade han förmodligen blivit förvisad till Sverige för resten av sitt liv. Man kunde nog utan att överdriva säga att mamma hade varit helt vansinnig. Junior tänkte efter ett ögonblick innan han skakade på huvudet; nej, inte vansinnig, men jösses vad arg hon hade varit. När sedan pappa lagt sig i och varit dum nog att säga att det inte hade varit någon fara och att ingen skada hade skett hade Junior varit övertygad om att telefonluren skulle smälta. Resultatet hade hur som helst blivit att pappa var den av de båda som för tillfället var i värst knipa. Hade inte morfar rutit i så hade mamma förmodligen fortfarande skällt i telefonen.

Jan hade innan det uppjagade samtalet tagit en lång promenad tillsammans med Junior och förhört sig om vad det var som hade hänt. Junior ville först inte berätta men morfar har en sällsam förmåga att locka fram sanningen. När Junior oroligt och med svår ångest berättat om händelsen uppe på Doormoor hade morfar bara klappat honom på axeln.

– Du gjorde helt rätt. Det var förvisso en handling som mycket väl kunnat kosta dig livet men trots det tycker jag att du faktiskt gjorde rätt. De trygga är som barn och vi som ser verkligheten måste ta hand om dem. Det var precis vad du gjorde. Dessutom räddade du livet på den där flickan. Jag skulle gärna ha sett hur du bar dig åt. Det är få fullfjädrade trolljägare som skulle ha lyckats med den bedriften. Du gjorde något mycket bra.

Junior såg inte upp utan stirrade bara i marken framför sig.

– Jag fick inte passera bäcken. Mamma var väldigt tydlig på den punkten och jag bröt mot hennes regel. Hon kommer inte att bli glad när hon får veta.

Jan stannade förvånat och ett ögonbryn sköt upp i pannan.

– Det här är ett samtal mellan män. Hon kommer inte få veta något från mig. Det är upp till dig om du vill berätta eller inte. Jag kommer inte att tala om det för någon.

Junior såg lite lättad ut men lyfte ändå inte blicken från marken. Det var tydligt att det fanns mer som tyngde honom.

– Hon vill inte se mig igen.

Jans andra ögonbryn gjorde nu det första sällskap högt upp i pannan när han såg ner och svarade:

– Din mamma? Nog tror jag hon vill se dig alltid. Du anar nog inte hur mycket hon älskar dig.

Junior suckade tungt och det lät nästan som om han skulle brista i gråt när han fortsatte:

– Inte mamma, Maggi. Jag gjorde bort mig och nu vill

hon inte se mig igen.

Jan lutade sig ner och fångade pojkens axlar. Ömt vände han honom så att de stod ansikte mot ansikte. Han såg pojken stint i ögonen och förklarade lugnt och pedagogiskt:

– Du räddade den flickans liv och den bedriften kan ingen ta ifrån dig. Samtidigt slog du sönder hela hennes världsuppfattning och det kommer hon kanske aldrig över. Hon sa att hon inte vill se dig igen och kanske menade hon det just då. Problemet är att nu tillhör hon faktiskt oss vidsynta och hennes liv kommer att bli olidligt om hon ska fortsätta att leva bland de okunniga. Hon kommer förmodligen bli galen på riktigt om hon fortsätter att bo bland de trygga. Jag är ganska säker på att du kommer att se henne igen. Vi måste nämligen fixa så att hon på något sätt får umgås med andra vidsynta. Har vi tur kan vi kanske erbjuda henne en administrativ plats på byrån. Vi har faktiskt en utbildning för det med. Ge det lite tid så ska du se att hon ändrar sig men håll dig för guds skull undan till hon lugnat ner sig. Att försöka rätta till ett missförstånd med en kvinna innan hon har lugnat ner sig är som att försöka knycka maten från ett lejon. Förr eller senare kommer hon att inse sanningen och då kommer hon att vilja träffa dig igen.

Han log varmt och klappade Junior på axeln. Nu hade Junior ett annat och mer akut problem att ta hand om. Det var dags att ta tjuren vid hornen och ringa till mamma.

Ensam i sitt rum på Aberdeens psykiatriska mottagning satt Maggi uppkrupen i sin säng. Hon hade gråtit hela natten och kände sig fruktansvärt eländig. Det hade känts så bra att ha någon att prata med. Någon som inte stirrade konstigt på henne när hon berättade om det som hänt. Junior hade till och med visat sig intresserad av hennes teorier om vad som kunde ha hänt. Sedan visade det sig att han bara kommit på besök för att driva med henne. När hon sett det lilla trollet hade den usla lilla skitungen låtsat som om han också gjorde det. Dessutom hade han påstått att han visste vad det lilla djuret kallades. Det var då hon slutligen förstått hur det låg till. Hennes historia måste ha läckt ut och nu tyckte traktens ungar att det vore fränt att få höra "tokiga Maggis" berättelser. Förmodligen satt Junior och skröt för sina kompisar i detta nu. I något av husen runt sjukhuset satt säkert ett helt gäng med små skitungar och skrattade åt henne. Hon snyftade lågt innan hennes kropp började skaka och nya tårar rann nerför de redan våta kinderna.

Han hade ridit helt planlöst och befann sig nu i närheten av bäckens källa. Det var en kristallklar liten göl där vattnet kom upp ur underjorden. Vattnet var svinkallt och han funderade ett ögonblick på om Maggi hade blivit förkylt efter att han doppat henne. Förvisso hade vattnet hunnit bli lite varmare när det hunnit fram till Doormoorheden men det var fortfarande ganska så kallt. Junior muttrade när Black böjde sig ner för att dricka.

– Jag hatar den här bäcken. Först och främst för att mamma alltid använder den som en gräns. Dessutom är vattnet så klart att jag såg det där fördömda halsbandet. Varför kan inte den här bäcken vara grumlig och djup? Om smycket legat i en bäck nere på låglandet hade jag aldrig upptäckt det. Hade jag inte hittat halsbandet hade jag aldrig sökt upp Maggi. Hade jag inte sökt upp henne skulle hon inte ha börjat hata mig.

Black brummade belåtet och skakade på sig. Ponnyn tyckte att bäcken var perfekt då vattnet var kallt och smakade gott. Den rufsiga ponnyn vred på nacken så att han kom åt att buffa på Juniors knä med sin mjuka mule. Det var som om han ville säga: Kom igen nu, så farligt är det inte.

Maggi hade bestämt sig, hon skulle avvika från sjukhuset och ta sig hem igen. Hon ville inte ens i tankarna kalla det för att rymma även om det var precis det hon tänkte göra. När den svala kvällsbrisen från havet drog in över staden klättrade hon över staketet. Allt hon fick med sig var ett litet knyte med kläder. Pappa hade bara besökt henne en

enda gång och då hade han varken haft med sig pengar eller
skor. Nu tassade hon i skuggorna längs en dammig trottoar
på väg mot närmaste busstation. Inne i en smutsig gränd
bakom en rostig container bytte hon kläder. Hon hade
precis gömt den blå pyjamasen under lite skräp och dragit
en luvtröja med texten "Texas Tigers" över huvudet när
hon hörde ett skrämmande ljud. Någonting rörde sig
plötsligt bakom henne och hon hoppade högt av rädsla. Ur
en illa medfaren papplåda plirade en smutsig figur klädd i
trasor upp mot henne. Han flinade illmarigt samtidigt som
han nickade. Det blev knäpptyst inne i den mörka gränden.
När ett sådant där litet penntroll plötsligt kilade ut bakom
containern hoppade hon återigen till. Plötsligt skrattade den
gamle mannen och kraxade:
   – Du kan vara lugn. Det där var inte en råtta. Den där
varelsen kommer inte att göra dig något ont.
Sedan skrockade han hest innan skrockandet snabbt
övergick i en elakartad hosta.
Maggi tryckte sig mot väggen, mer rädd för gubben än för
det lilla trollet.
   – Jag vet det. De är ofarliga, till skillnad från den större
modellen.
Någonting glimmade till i gamlingens ögon och han kröp
ur kartongen för att långsamt smyga närmare. Med huvudet
lätt på sned tog han sig en närmare titt på henne. Plötsligt

nickade han gillande och log.

– Du ser dem, inte sant? Du vet att de finns på riktigt?
Maggi storknade av stanken som slog emot henne men
svalde hårt och nickade till svar. Hon kände sig dock
tvungen att lägga till:

– Jo, men jag har varit med om en grej och folk säger att
jag blivit galen.

Den loppbitne gamlingen skrockade igen och gjorde en
rörelse som man med lite vilja skulle kunna tyda som ett
danssteg. Sedan sa han något som ännu en gång fick
Maggis värld att tippa över ända.

– Ja du har rätt i att klapperstensknytt är ofarliga. Faktum
är att de på det hela taget är ganska trevliga som sällskap.
Maggi drog häftigt efter andan när hon hörde vad han kallat
det lilla trollet. Hon ångrade sig dock snabbt. Att dra häftigt
efter andan när man har en stinkande gammal gubbe i
närheten är sällan någon bra idé. Att det gick runt för henne
kom sig dock av en helt annan anledning. Hon tänkte så det
knakade: klapperstensknytt, det var precis det som Junior
kallat dem. Kunde det vara sant? Hade han talat sanning
och hon hade belönat honom genom att skrika åt honom att
försvinna? Hon hade, som den jubelidiot hon var, faktiskt
sagt att hon aldrig ville se honom igen. I ren ilska hade hon
jagat bort den enda människan som kanske skulle ha kunnat
hjälpa henne att förstå. Allt bara för att han varit ärlig och

snäll mot henne. Som i trans stapplade hon mot grändens mynning. Gamla tidningsark och plastskräp prasslade under hennes sjukhustofflor men hon märkte det inte ens. Tom på allt utom avsky över sitt handlande var det som om världen runt henne plötsligt upphörde att existera. Nu när hela hennes verklighet ställts på ända hade hon jagat bort den enda människan som faktiskt varit snäll mot henne. Hon kunde se hans besvikna och sårade min framför sig när hon hade börjat kalla honom saker. Hur något slocknade i hans blick sekunden innan han vände sig om och gick.

Hon var helt uppslukad av självförebråelse och hoppade därför högt när gubben oväntat knarrade:

– Texas tigers, har du varit i Texas? Det har jag. För inte så många år sedan hade jag en liten stuga uppe i Klippiga bergen.

Junior vandrade längs bäcken och ju längre dagen led ju närmare Doormoor kom han. Black strövade fritt en liten bit ut på heden där den ruggiga ponnyn glupskt rev åt sig av de små grästuvor som stack upp ur den karga jorden. Det var inte konstigt att betesdjuren drogs till hedens lummigt gröna fält. Junior kände sig tom inombords och rektorns avslutande ord ekade i hans huvud: *"Din mor hade redan en utmärkelse när hon var i din ålder och hennes lärare Jan som du tydligen också umgås en del med är en*

*levande legend inom byrån. Man kunde ju tycka att du som
har så många duktiga jägare omkring dig borde ha
snappat upp något matnyttigt då och då".*

När morfar väl lyckats lugna mamma hade nästa
telefonsamtal gått till skolan för vidsynta i de andalusiska
bergen. Rektorn hade inte ändrat sig utan höll fast vid att
om Junior inte visade upp ett lyckat resultat före nästa
termin fick han inte någon lärlingsplats. Då skulle han få gå
kvar i skolan ett år till. Det hade, under samtalets gång
dessutom blivit någon form av tumult i andra änden. Zions
omisskännliga röst hade plötsligt lagt sig i och motsatt sig
rektorns resonemang. Junior log lite när han tänkte på den
korta men otroligt kraftfulla smedsdvärgen. Den skäggige
lille mannen var en vän till familjen och brukade allt som
oftast komma på besök. Han var vänligt sinnad till sin natur
men med en otrolig förmåga att överdriva sina egna
handlingar. Junior gillade honom, hans historier var alltid
roande, om än något svåra att tro på. I smedens berättelser
var Zion själv alltid den som till sist lyckades lösa
problemet. Mamma hade berättat den verkliga historien om
när den kaspiska bergsätaren dräptes. Trots att Junior visste
att Zions version till största delen var påhittad så var den
ändå mycket roligare att lyssna på än den verkliga
historien. Smeden brukade dessutom alltid ha med sig

presenter när han kom på besök. Hela Juniors utrustning
var faktiskt gåvor som han fått av Zion. Den fantastiska
rustmästaren kunde tillverka nästan vad som helst. Nu hade
tydligen dvärgen blivit så upprörd över rektorns beslut att
han var på väg till Skottland. Junior skakade på huvudet
och log, det skulle bli roligt att träffa honom igen.

Maggi fortsatte ut ur gränden utan att svara. Hon kände sig
obekväm i sällskap med den smutsige uteliggaren. Det var
först när gubben fortsatte att prata som hon stannade och
tvekade.
  – Polisen kommer att leta efter dig. Busshållplatser och
tågstationer kommer att vara de första platser som de
bevakar.
Maggi stod med en hand på hörnet halvvägs ute mot gatan.
  – Vad ska jag göra då? Jag måste komma hem på något
sätt. Jag kan liksom inte gå hela vägen.
Gubben knarrade och det tog en stund innan Maggi insåg
att han skrattade.
  – Berätta var du bor så ska jag försöka hjälpa dig att
komma hem. Jag har flytt två gånger i mitt liv och en del
knep kommer jag fortfarande ihåg.
Hon tvekade en lång stund, dels för att hon inte visste om
hon kunde lita på den gamle mannen, dels för att en
stinkande uteliggare kanske inte var det bästa sällskapet

under en flykt. Efter en lång tystnad hade hon slutligen kommit fram till ett beslut och svarade:

– Jag bor i Door längs den gamla strandvägen.

Förfärad och inte så lite upprörd väste gubben innan han sänkte rösten och flackade med blicken. Det var som om han ville försäkra sig om att det inte fanns någon i närheten som kunde höra.

– Du bor nedanför Doormoorheden, Skottlands farligaste plats. Jag jobbade där uppe en gång i tiden. Det är länge sedan nu men jag kommer fortfarande ihåg hur landet ser ut. Nog känner jag till en del bra stigar som håller oss borta från polisen men jag kommer inte att gå i närheten av Doormoor. På den heden finns inget annat än ondska och elände. Fast det är klart, när solen skiner och dimman håller sig borta är det faktiskt ganska vackert.

12. Sanningar och lögner

När han abrupt vaknade trodde Junior först att det var en jordbävning som skakade huset. Det smällde och dånade så att ytterdörren hotade att hoppa av sina gångjärn. Klockan var lite över fyra på morgonen och som de flesta trolljägare hade han varit uppe hela natten. Nu var han förvisso ingen trolljägare, eller ens en lärling men han red ändå längs bäcken som skilde Doormoor från resten av höglandet varje natt. Nu stod han mitt i sitt sovrum klädd i inget annat än kalsonger och trevade efter sitt svärd. Reaktionen berodde nog mest på att han ännu inte riktigt var vaken, för svärdet var liksom resten av hans utrustning tryggt undanstoppat ute i vedboden. När det för andra gången dundrade i huset förstod han att det var någon som bultade på ytterdörren. Innan Junior hunnit klä sig hörde han hur pappa öppnade dörren för att sedan tjuta till:

– Zion, hur lyckades du komma hit så snabbt!
Som vanligt när Zion var på besök blev det högljutt, bullrigt och väldigt roligt. Junior hann knappt sticka in näsan i matsalen innan rustmästaren kastade sig över honom och gav honom en riktig björnkram. Det knakade i Juniors revben men för att vara en kram från Zion var den förhållandevis ömsint. När dvärgen väl satt ner honom

behövde han inte ens känna efter om något var brutet. Faktum var att han inte ens hann tänka tanken innan Zion muntert brummande plockade upp ett paket vilket han med ett stort flin kastade rakt i Juniors famn. Det var en fyrkantig låda inslagen i brunt vaxpapper med vad som Junior antog skulle föreställa en rosett på ena sidan.

– Jag missade ju din födelsedag så du får din present nu, mullrade Zion glatt.

Junior öppnade paketet och gläntade på locket. Sedan drog han häftigt efter andan. Ett brett leende spred sig över hans ansikte innan han med tindrande ögon vräkte locket åt sidan och lyfte upp en hjälm. Utan att vare sig tacka eller tänka satte han den på sig och rusade ut i hallen för att se sig i spegeln. Den var helt perfekt. Hjälmen var formad som en rund skål som satt tätt runt huvudet och med ett dubbelt drakskinn som hängde ner runt nacken. På framsidan satt en konstig grej som Junior inte riktigt förstod vad det var men det spelade ingen roll. Det viktigaste var att översidan av hjälmen var täckt med taggar. Den underbara hjälmen var faktiskt ganska lik en sådan som morfar hade. Zion och Tom kom långsamt ut i hallen, båda två log roat åt hans iver. Junior vände sig om med ett stort leende.

– Tack så hemskt mycket Zion. Den är lite lik morfars hjälm och det var precis en sådan som jag ville ha. Morfars

hjälm har förvisso en tunga som skyddar näsan och det har
inte den här. Sedan är morfars taggar lite längre men det
spelar ingen roll. Den här passar mig perfekt.
Zion flinade busigt innan han höll upp ett finger och fick,
en tydligt spelad, sträng min i ansiktet.

– Min unge man. Nu är det så här att din morfars hjälm är
designad för en trolljägare som går till fots. Den här är
gjord för en ryttare. När du far runt uppe på hästryggen
skulle för långa taggar kunna fastna i buskar och snår.
Dessutom behöver du inget nässkydd för din hjälm har
något som passar en ryttare bättre. Böj dig ner så ska jag
visa.

När hjälmen kom inom räckhåll tog Zion tag i den konstiga
saken som satt fäst på hjälmens framsida. Det knäppte i
metallen när han fällde han ner skyddet som inte bara
täckte näsan utan också ögon och kinder. Smedens leende
spred sig och blev allt bredare under det vildvuxna skägget.
Med lurig min tog han sedan tag i drakskinnet som hängde
i nacken och knäppte loss det översta lagret som han sedan
fäste så det täckte ansiktets nedre del.

– Så där, titta nu i spegeln och skåda mitt mästerverk, sa
han stolt.

Junior vände sig åter mot spegeln och häpnade. Hans ögon
stirrade ut genom ett par springor i ett perfekt format
ansiktsskydd. Det var nästan som om han såg övre hälften

sitt eget ansikte gjort i plåt. Ögonblicket senare bekräftade
Zion hans misstankar.

– Jag har tillverkat det så att man fortfarande ska kunna
ana vem som döljer sig bakom skyddet. Det är en kopia av
ditt ansikte.

Junior var överlycklig men kunde inte låta bli att se starka
likheter med morfars hjälm som också råkade vara
mammas personliga hatobjekt. Han såg ner på
smedsdvärgen och log hjärtligt. Det var inte svårt att lista ut
hur mamma skulle reagera när hon fick se hjälmen.

– Jösses vad skit du kommer att få av morsan för det här.

När de vaknade den tredje morgonen under sin vandring
undrade Maggi om inte hon börjat stinka lika illa som
gubben. Han var redan uppe och fixade med elden och
verkade lika pigg som alltid. Förvånansvärt nog hade han
dessutom redan fångat och fileat en fisk. Nu låg det rosa
fiskköttet och fräste på en flat sten. Förmodligen var det
hungern som väckte henne för den gamle mannen rörde sig
helt ljudlöst. Det var något hon reagerat på redan den första
dagen. Gubben rörde sig tyst som en vind. Förvisso en
illaluktande vind men han gav faktiskt inte minsta ljud från
sig. Under hans fötter knäcktes inga kvistar och när han
flyttade på en sten eller en stock gjorde han det på ett
sådant sätt att det inte lät någonting. Hon hade försökt lista

ut hur han bar sig åt men utan att lyckas. Tacksamt tog hon emot en stor bit fiskkött som han sträckte mot henne. Han nickade uppmuntrande innan han pekade över heden med ett flottigt finger.

– Ät medan det är varmt. Vi kommer fram till Door under eftermiddagen i dag. Jag följer dig till byns ytterkant men sedan får du klara dig själv.

Maggi kunde inte längre hålla tillbaka frågan som legat på hennes tunga sedan första dagen. Mellan två tuggor frågade hon smackande:

– Varför är du så rädd för Doormoor? Har du också råkat ut för något här uppe?

Gubben ställde sig tvärt upp och stirrade ut över heden. Han stod med ryggen mot henne och tuggade intensivt på ett stycke fisk. Det flottiga fingret viftade över hans huvud samtidigt som han verkade överlägga med sig själv. När han väl vände sig om såg han både road och skrämd ut. Han flackade ett par sekunder med blicken som om han ville kontrollera att ingen spionerade på dem innan han svarade:

– Jag är varken rädd för heden eller för det som finns där. Herre min skapare, nej verkligen inte. Jag är däremot rädd för att *hon* ska hitta mig. Det är så här förstår du, för länge sedan rymde jag från en efterhängsen kvinna och får hon tag i mig så vet jag inte vad som kommer att hända.

Maggi mötte den gamles blick och såg ren fruktan spela i hans ögon. Hon kunde känna hur huden knottrade sig på armarna när det gick upp för henne.

– Om den där kvinnan är farligare än det som gömmer sig ute på heden så måste hon vara ett fruktansvärt monster. Kommer hon att mörda dig om hon får reda på var du finns?

Gubben slutade tugga och stirrade på henne med halvöppen mun innan hans ansikte förvreds i en grimas. Han flackade nervöst med blicken ännu en gång innan han hukade sig bredvid henne. En ofrivillig rysning for genom hans kropp när han med låg och darrande röst viskade till svar:

– Hon vill göra något som är mycket värre. Hon vill gifta sig med mig.

I skymningen, precis på gränsen mellan dag och natt satt de gömda i ett buskage och såg ut över Door. Hustakens röda tegelpannor färgades mörkt lila av skymningens rosa himmel och väggarnas normalt så ljusa färger hade mörknat i skuggornas dunkel. Plötsligt rätade gubben på sig och såg Maggi djupt i ögonen:

– Jag har märkt att du är inte är tränad för livet som vidsynt. Då har du alltså inte gått i skolan i Andalusien. Innan vi skiljs kanske du kan berätta hur det kommer sig att du inte är blind för verkligheten? Jag vill inte verka nyfiken men att en trygg ser saker som normalt bara kan ses av oss vidsynta förvånar mig verkligen.

Maggi kunde inte låta bli att ställa en motfråga innan hon började berätta:

– Vad i hela fridens namn är en trygg för något?

Det hade tagit lite mer än en timme och nu var det mörkt uppe på sluttningen. Maggi hade berättat om sina upplevelser och inte blivit avbruten en enda gång. Hon vågade knappt se på gubben när hon berättat klart av rädsla för att få se tvivel eller hån i hans ögon. Till hennes förvåning svarade han med både förståelse och värme. Dessutom började han utan att ha blivit ombedd att berätta om sina egna upplevelser. Utan att gå in på alltför mycket detaljer lät han henne ta del av sin historia. En historia som fick Maggis haka att långsamt falla längre och längre ner.

De satt kvar till gryningen innan han hastigt tog farväl och började tassa bort över heden. Maggi hade hejdat honom med en fråga som hon bara för tre dagar sedan aldrig skulle kommit på tanken att ställa:

– Om det inte går som jag hoppas, vart kan jag hitta dig då? Jag menar, om jag behöver fråga om något eller så. Gubben stod stilla som om han grubblade innan han sakta vände sig om. Han log ett spjuveraktigt leende och blinkade konspiratoriskt när han svarade:

– Leta i samma gränd som du hittade mig i förra gången.
Men säg inget till någon. Tänk på att jag är eftersökt.

Han hette Edvin Swensson och hade varit trolljägare. Det
svindlade för Maggi bara hon tänkte på det. Han hade varit
trolljägare och jobbat uppe på höglandet. För 50 år sedan
hade han smitit i väg för kärlekens skull. Han hade lämnat
allt bakom sig enbart på grund av att han förälskat sig i en
kvinna som inte såg troll och annat magiskt. Vad var det
han hade sagt att de kallades? Trygg, just det, så var det.
Han hade träffat en trygg och ville tillbringa resten av sitt
liv med henne. Det hade också varit någonting om
privilegiet att åldras tillsammans men den biten hade
Maggi inte riktigt förstått. Hans historia hade blivit lite
konstigt när han talade om drakbrygder och andra märkliga
saker. Tydligen hade det varit något med det där som han
ansett ha varit viktigt men Maggi hade helt enkelt inte
förstått vad han pratade om. När han väl lämnat in sin
avskedsansökan hade hans högsta chef vägrat att accepterat
den. Hon hade krävt att Edvin skulle fortsätta att jobba.
Enligt Edvin hade hans kvinnliga chef även visat ett visst
intimt intresse för honom som person. Han hade inte
avslöjat vem den högsta chefen var men tydligen hade det
varit en kvinna med mycket makt. Han gömde sig ju

fortfarande för henne trots att allt det där hade hänt för många år sedan. Först hade han smitit över till Amerika för att sedan flytta upp i Klippiga bergen. Där hade han köpt en liten gård. Efter ett par år hade de fått en dotter och tydligen hade familjen varit lycklig en tid. Dottern hade så småningom gift sig och fått en egen dotter. Så här långt in i hans berättelse hade Maggi tyckt att den lät fantastisk. En hjälte som lyckas hitta sin stora kärlek och som sedan lever lycklig i alla sina dagar. Det var bara det att trolljägaren och hans hustru inte levde lyckliga i alla sina dagar. Berättelsen hade varit fin fram till denna punkt men sedan hade historien snabbt blivit sorglig. Edvins fru hade blivit sjuk och när både deras dotter och hennes man dog i en bilolycka hade inte frun orkat längre. Edvin hade förlorat både sin älskade hustru och sin dotter under en och samma vecka. När han sedan berättat om sin dotterdotter hade historien ljusnat igen. Den lilla flickan hade växt upp tillsammans med honom och han hade försökt lära henne allt han kunde om de faror som trygga normalt sett inte kunde veta någonting om. När han kommit till den delen där barnbarnet berättat att hon sökt till, och blivit antagen av, den amerikanska militären mörknade hans historia igen. För att flickan skulle kunna gå på militärhögskolan hade han lånat pengar av banken. Något år senare när skördarna hade slagit fel ökade skulderna och han tvingades att låna

nya pengar. Den här gången hade banken sagt nej så han hade i stället lånat pengar av mindre nogräknade människor. Dessa hade inte bara hotat honom om han inte betalade utan också hans älskade barnbarn. När han väl hade insett att han aldrig skulle kunna få fram tillräckligt med pengar gjorde han något som i Maggis öron lät lite väl drastiskt. För att skydda flickan hade han fingerat sin egen död och till och med fått ett par vänner att "begrava" honom på den lokala kyrkogården. Gården hade tagits över av banken och de otrevliga människorna hade blivit blåsta på sina pengar. Då han var "död" kunde de inte längre pressa honom genom att hota hans barnbarn. De hade helt enkelt fått finna sig i att pengarna var borta.
Edvin hade varit ledsen och synnerligen skamsen över att han ljugit för sin lilla prinsessa. Det var tydligen så han kallat sin dotterdotter. Han hade dock envist hävdat att det inte hade fungerat om hon vetat sanningen. Det hade sett ut som om något gått sönder inom honom varje gång som han nämnde sitt barnbarn. En gång i tiden hade den gamle mannen haft ett bra liv med egen gård och familj. Nu bodde han under wellpapp i en stinkande gränd i Aberdeen. Han hade många gånger försökt ta reda på hur det gått för flickan men tydligen hade hon slutat i den amerikanska armén och försvunnit. Gränslös sorg hade färgat hans ögon när han förklarat att hon inte hade gått att hitta någonstans.

– Hade jag bara fått prata med henne en gång till och fått veta att hon var lycklig hade jag kunnat dö nöjd. Nu kommer det förmodligen aldrig att inträffa men…

Han hade tystnat för att sedan bara sitta tyst och fjärrskådande en lång stund. Av allt som gubben berättat var det ändå det där om att han varit trolljägare som fått Maggi att tappa hakan av förvåning. Helt otroligt att det fanns trolljägare på riktigt och att hon aldrig hört talas om det tidigare. Hon ryckte sedan till och fnissade nervöst, hon hade ju för tusan inte ens vetat att det fanns riktiga troll. Hur skulle hon då kunna känna till att det fanns folk som jagade dem?

13. Inspärrad igen

Hon smög försiktigt in via köksdörren bara för att snabbt konstatera att hon inte behövde smyga. Pappa låg lutad övar köksbordet och snarkade så att hela huset skakade. Han var klädd i en smutsig undertröja som förmodligen varit vit en gång men som nu lutade mer åt det smutsgula hållet. Flera dagars skäggstubb täckte hans haka. På golvet låg två tomma ginflaskor och skräpade tillsammans med ett antal ölburkar. Några till hälften tömda raviolikonserver låg och stank i diskhon. Maggi rynkade på näsan när den obehagliga lukten av ruttnande mat och smutsig disk slog emot henne. Hennes ögon fylldes av medömkan och sorg när hon flyktigt studerade den man som en gång varit hennes pappa. Före katastrofen hade han varit en snäll man och älskat henne över allt annat. Nu efter mammas hastiga bortgång fanns inte den mannen längre. Nu älskade han bara spriten. Hade hon stått inför samma syn för ett par månader sedan hade hon förmodligen gråtit. Det var fortfarande lika tragiskt att se men tårarna över pappas förfall hade slutligen sinat. Tyst samlade hon ihop sina saker innan hon med ett sista sorgset ögonkast på sin pappas hopsjunkna gestalt viskade ett tyst farväl. Efter en sekunds tvekan böjde hon sig fram och kysste honom på

kinden. Hon skulle ge sig upp på höglandet och hade inte
för avsikt att återvända till byn igen. Antingen lyckades
hon hitta sina drömmars riddare eller också skulle hon dö
under sina försök. Hennes enda chans till ett drägligt liv
väntade uppe vid heden. I det här hemmet fanns det inte
längre något som höll henne kvar.

Larmet hade kommit via den gamla väggtelefonen. Den
brittiska vädertjänsten hade varnat för väderomslag och risk
för kraftiga dimbankar över stora delar av Skottland.
Egentligen var de här varningarna främst till för
fartygstrafiken men även byråns personal lyssnade på dessa
meddelanden och hade skäl att bli oroliga. Omfattande
dimma skulle betyda att de fördömda glastrollen plötsligt
fick en möjlighet att jaga över hela höglandet. Den svarta
bakelittelefonen hann inte vara tyst i mer än tre sekunder
innan det ringde igen. Den här gången var det Lisa som
oroligt förbjöd Junior att lämna huset så länge dimman låg
kvar. Hon blev dock lite lättare att ha att göra med när hon
insåg att Jan, Tom och Zion fortfarande var kvar i huset.
Resultat av samtalet blev att Jan och Tom skulle ge sig ut
på heden medan Zion fick till uppgift att hålla Junior
sällskap inne i huset.
Redan vid lunchtid drev de första vita stråken in över huset
och under eftermiddagen låg delar av höglandet i dimma

tjock som vispad grädde. Jan och Tom hade gett sig i väg och borde redan vara i utkanten av Doormoorheden. Junior surade inne på sitt rum medan Zion gjorde precis samma sak ute i vardagsrummet. Båda ansåg att de hade gjort bättre nytta ute på fältet. Zion hade till och med dristat sig till att invända att om man bara har mod i barm så behövde man ingen trolljägarutbildning. När han dessutom envist hävdade att ingen man var modigare än han själv blev det nästan löjligt. Det hade dessutom sett lite märkligt ut då han samtidigt stått och vevat med en lång drakjägarlans. Kom ihåg att Zion är en smedsdvärg och att en drakjägarlans är över tre meter lång. Kort sagt, det hade sett lite tokigt ut.

Dimman låg tät över Doormoor men i övrigt var det mesta av höglandet klart. Jan och Tom hade ganska snart insett att natten inte skulle bli så illa som de först fruktat. Nu när de ändå var ute på heden valde de att fortsätta förbi bäcken och kontrollera hur långt ner dimman nått. Från sin höga utkikspunkt såg de hur låglandet låg insvept i en tjock, vit filt men då den inte nådde upp till heden skulle slempropparna inte kunna smita i väg. De hade hunnit halvvägs nerför stigen mot Strandvägen när de oväntat stötte på en ung flicka. Hade det inte varit för att hon ständigt sneglade ner mot vägen skulle hon förmodligen ha upptäckt dem tidigare. I och med att hon inte uppmärksammade dem i tid blev hon ett lätt byte.

Maggi kokade av ilska när hon med argt klampande steg fortsatte ner mot byn. Hon hade tänkt leta rätt på den modige riddaren som räddat henne och hade upphetsad av drömmar inte för en sekund reflekterat över att något kunde gå fel. Med en ilsken blick över axeln blängde hon upp mot bergskammen där ett tunt dimtäcke föll över kanten. Det var uppe på heden hennes hjälte höll till men naturligtvis hade hon inte lyckats ta sig dit. Hon hade inte kommit mer än halvvägs uppför stigen förrän hon helt oväntat mött två män. Allt för sent hade hon sett dem och kastat sig in i buskarna för att gömma sig. Den längsta av de båda hade funnit henne direkt. Han hade utan minsta ansträngning böjt sig ner och lyft henne i kragen. Sedan hade han förvånat bara stått där och glott på henne. Ett av hans ögonbryn hade långsamt höjts samtidigt som han noggrant synade sin fångst. Hon hade känt sig som en hjälplös kattunge i hans hårda grepp. När han sedan satt ner henne på stigen hade den skitstöveln helt enkelt vänt henne mot vägen och daskat till henne i rumpan.

"Det här är inget ställe för en jäntunge. Kila hem nu och kom inte tillbaka", hade den stora drummeln sagt.

När hon öppnade köksdörren och smög in i huset tändes

helt oväntat ljuset. Pappa såg faktiskt förvånansvärt fräsch ut och huset doftade mycket bättre än vad det hade gjort på morgonen. Han såg på henne med ett hårt ansiktsuttryck en lång stund. Med darrande hand visade han att hon skulle sätta sig vid bordet innan han började banna henne.

– Psykologen från din avdelning ringde till mig i morse. Förstår du hur orolig jag blev när han berättade att du hade rymt? I morgon kommer vi att åka tillbaka till sjukhuset och den här gången stannar du tills du är frisk.
Maggi såg tvivlande på honom samtidigt som hon upprört slog ut med armarna.

– Tänker du skicka tillbaka mig? Kan du inte ens försöka låtsas att du är glad att se mig? Hur länge sedan är det du slutade älska mig?
Hennes ögon fylldes av ovälkomna tårar och hon snörvlade irriterat samtidigt som hon blängde på sin far. Han reste sig så hastigt att stolen välte. I tre snabba steg var han framme vid henne. Ömt slöt han henne i sin famn och skakade av återhållen gråt. I en lång stund stod han bara där och höll om henne. Hon kände hur varma tårar föll mot hennes axel. När han väl lyckats samla sig så pass att han kunde prata viskade han:

– Jag är otroligt glad att se dig men jag har också varit livrädd för att något skulle ha hänt dig. Jag önskar att du kunde stanna kvar här hemma men du måste bli frisk. Jag orkar inte att leva om du inte kan komma hem igen. Jag klarar snart inte mer, du måste bli frisk.

Nu skakade han kraftigt och tårarna strömmade nerför hans kinder. I ett krampaktigt famntag höll han om henne och Maggi kände sig för första gången på länge lite skamsen. Hon hade kastat de värsta anklagelserna hon kunnat komma på mot honom och nu kände hon skammen bränna i bröstet. Pappa var kanske stor och stark men han var inte bra på att hantera sina känslor. Hon borrade in sitt ansikte i hans tröja och grät hon med. De tårar som hon så länge trott varit slut hade nu hittat ut och rann i en strid ström. En sak de hade gemensamt var att de saknade hennes mamma väldigt mycket. Hennes tankar om att hon aldrig mer skulle besöka det här huset var redan glömda.

Junior ångade av ilska när han klev ur bilen. Han hade blivit dömd till ett år till på skolan för vidsynta. Mamma verkade hur nöjd som helst och pappa hade naturligtvis bara sagt saker som *"ta det som en man"* och *"det är bara ett år"*. Junior skulle vara en av de äldsta eleverna det här året och allt bara för att han hade en jäkla superhjälte till mamma. Ingen elev hade någonsin behövt bevisa sin duglighet under ett sommarlov. Blev han inte jämförd med mamma så blev han av någon oförklarlig anledning jämförd med sin morfar. Det skulle kanske ha varit normalt om folk hade känt till att Jan Jäspersson var hans morfar men det var ju en hemlighet. Det fanns bara en enda person inom byrån som kände till sanningen och hon bodde i Kina. Den otroligt korkade rektorn hade dessutom påstått att han var förvånad över att Junior inte lärt sig mer då han verkade ha en bra relation med sin mammas lärare.

" Jag kan inte förstå hur en så bra lärare inte kunnat få lite ordning på dig", hade den gamla geten sagt.

Det skulle gå en hel vinter innan Junior kom tillbaka till höglandet igen. Den enda trösten i allt elände var att Black fått följa med till Andalusien. Junior drömde ofta om flickan från dimmornas hed och hans överhettade känslor gjorde att han längtade tillbaka till den där natten på heden. Under lektionerna hände det då och då att han fick en fråga som han inte förstod då han varit helt uppslukad av sina dagdrömmar. Det slutade alltid med att läraren uppgivet suckade och skakade på huvudet. Sedan kom samma tillrättavisning som vanligt.

"Din mamma sov aldrig på mina lektioner. Jag förstår inte hur du kan vara så olik henne".

Vad Junior inte visste var att under en precis lika lång tid som han var fast i Andalusien satt en rödhårig flicka med uppnäsa och fräknar instängd på ett sjukhus i Aberdeen. Hon satt ofta och drömde sig tillbaka till heden hon också. Det var dock inte Junior som var föremålet för hennes drömmar. Hennes självklara uppgift den här sommaren var att hitta sin mystiske hjälte. Den som hon än så länge bara hade kunnat drömma om.

14. Mot höglandet

Natten var ovanligt tyst och endast ett blekt sken från de glesa lyktstolparna reflekterades i de mörka fönstren. Inte en bil syntes till när Maggi slängde sin ryggsäck över det höga gjutjärnsstaketet. Under hela vintern hade hon gjort sitt bästa för att spela med när psykologen frågade ut henne. Hon hade verkligen försökt att låtsas som om hon trodde på hans förklaringar. Det hade inte hjälpt, han hade genomskådat henne varje gång. Hennes förhoppningar om att bli friskförklarad och få komma hem hade grusats gång på gång. Nu när våren hade kommit kunde hon inte vänta längre. För andra gången sedan olyckan rymde hon från sjukhuset för att återigen ge sig ut på jakt efter sin hägrande hjälte. Med skorna i handen fortsatte hon barfota genom de mörka bakgatorna och ju längre från sjukhuset hon kom desto säkrare började hon känna sig. Hennes första uppgift var att hitta den gamle uteliggaren för att se om han kunde berätta något mer om troll och trolljägare. Om han verkligen hade varit en av dem så borde han veta mer än vad hon tidigare fått ur honom. Det var först i den bleka gryningen som hon äntligen lyckats hitta till rätt gränd. Till hennes förtret hade hon varit tvungen att gå tillbaka flera kvarter och var nu betydligt närmare sjukhuset än vad hon hade önskat. Problemet var att alla gränder såg mer eller mindre likadana ut. Den här gången såg hon dock genast tecken på att hon kommit rätt. En liten varelse pilade skyggt undan och försvann in under en rostfläckad container. Det kunde troligtvis inte finnas klapperstensknytt i många gränder i Aberdeen. Mycket riktigt började det snart röra sig under bråten som låg längst in i hörnet. Ett tärt och synnerligen hårigt ansikte kikade fram mellan pappkartongerna. Gubbens ögon lystes genast upp av en igenkännande glimt.

– Välkommen tillbaka till friheten. Så du har rymt igen? Rösten lät kraxig men förvånansvärt pigg. Maggi kunde inte låta bli att le även om hon nog tyckte att han om möjligt såg ännu skröpligare ut nu än vad han hade gjort senast de sågs. Hon tvekade dock inte utan började genast att överösa honom med frågor.

I tre dygn hade Junior bevakat bäcken innan mamma bestämde sig för att avlösa honom. Nu var han på väg tillbaka till stugan, sakta vaggande på Blacks rygg. Dagen hade varit varm men nu i kvällningen kröp fukten sakta upp ur marken för att bilda små glittrande pärlor i gräset. I skymningens färgsprakande skådespel såg han upp mot den allt mörkare himlen och förstod varför han blivit avlöst. Det var i det närmaste vindstilla och endast en svag bris

drev långsamt åt söder. Heden skulle snart vara täckt av ett
tjockt lager dimma och i natt skulle den med största
sannolikhet driva över bäcken och fortsätta ut på höglandet.
Mamma hade löst av honom för att det kunde bli för farligt
utmed bäcken. Junior suckade tungt, 13 år men fortfarande
ett hjälplöst barn i mammas ögon. Irriterat tryckte han
högerknät mot Blacks sida och ändrade riktning. I stället
för att rida hem fortsatte han upp mot högre mark, mest för
att få vara för sig själv. Han hade förvånats över att han inte
längre kände någon saknad efter flickan som han räddat.
Förvisso hade Maggi förekommit i hans drömmar när han
var i skolan men nu när han var tillbaka vid bäcken kunde
han inte ens minnas hennes ansikte. Hon hade på något
konstigt sätt raderats ur hans minne. Han suckade tungt och
plockade frånvarande med Blacks yviga man. Han skulle
snart fylla 14 år och hade ännu inte haft någon flickvän.
Det hade gått så långt att han börjat inspektera sig själv i
spegeln och undrat vad det var för fel med honom. Junior
hade ingen klar uppfattning om vad en flicka tyckte om hos
en pojke och kunde därför inte riktigt förstå varför han
ständigt kom till korta. Under den gångna vintern hade han
växt rejält och även blivit bredare över bröst och axlar. Att
han redan tidigare varit stark för sin ålder var kanske inte så
konstigt. Han hade tränat med båge och svärd sedan han
var fem år. Nu när han brakat rakt in i puberteten började

det också synas på hans kropp. Kanske var det hans mörkbruna hår eller de blå ögonen som inte flickorna gillade? Han suckade igen, han hade morfars kantiga haka och pappas höga kindkotor vilket enligt mamma gjorde att han såg hård och beslutsam ut. Samtidigt hade han alltid fått höra att han hade vänliga ögon. Kunde det vara så att vänliga ögon i kombination med ett hårt ansikte inte föll flickor i smaken? Junior suckade en tredje gång, nåväl här uppe spelade det ingen roll. På heden fanns det inga flickor så för en gång skull behövde han inte oroa sig för vad de skulle tycka om honom.

För den som sett den unge gossen hade hans osäkerhet förmodligen kommit som en total överraskning. De hade nämligen fått se en pojke som var strax under 180 centimeter lång med breda axlar och smal midja. Axlarnas bredd förstärktes dessutom av den nya rustningens båda axelskydd. Pojken som just börjat bli en man hade långt mörkt hår och ett ansikte som inte bara såg beslutsamt ut, utan också stålade av vänlighet och värme. När den kraftfulla ponnyn vandrade vidare upp mot höglandsplatån fladdrade den tudelade ryttarrocken mjukt längs hästens sidor. En svart svärdsskida hängde vid ena höften och ett koger fullt med pilar på den andra. Bakom honom låg en osträngad pilbåge inskjuten i en smal väska och från sadelknappen hängde en (i ärlighetens namn riktigt ful) hjälm. Vad Junior aldrig förstått var att flickorna i skolan helt enkelt inte vågade närma sig honom på grund av vem som var hans mor. Även om Lisa var den mest beundrade jägaren som någonsin burit byråns märke så var de unga samtidigt lite rädda för henne. Hon var trots allt den första drakryttaren på mer än 700 år.

 Jan såg förvånat, och med en viss oro på Joanne. Hon satt nere vid ån utanför stugan och stirrade ut över vattnet. Hans skarpa blick gjorde att han även uppifrån farstukvisten kunde se att hon hade gråtit. Försiktigt och med en växande nervositet närmade han sig.

– Vad är det min älskade? frågade han ömt.

Det fanns en tydlig oro i hans röst som han inte med bästa vilja i världen lyckades dölja. Det var nämligen en sak som han aldrig riktigt lyckats att förstå. Hur en så fantastisk kvinna som Joanne kunde falla för en gammal och grovhuggen karl som han själv.

Hon såg upp mot honom och log ett sorgset leende samtidigt som hon förde undan en blond hårtest och lade den bakom örat.

– Åh, det är inget särskilt. Jag satt bara och tänkte. Det här är en bra plats att vara på om man behöver låta tankarna vandra.

Hon pekade ut över åns blanka vatten som för att visa vad hon menade.

Jan började nervöst att trampa på stället och tuggade fundersamt på insidan av kinden. Han hade aldrig varit bra på det här med att tala om känslor. När hon satt så här och frånvarande såg ut över ån med tårar i ögonen trodde han alltid att det berodde på att hon inte trivdes vid hans sida. Trevande och något räddhågset ställde han den för honom uppenbara frågan:

– Är du inte lycklig här? Jag menar, är du ledsen över hur vi har det du och jag?

Joanne vände sig häftigt om med överraskad min och såg uppriktigt chockad ut när hon svarade:

– Vad säger du? Naturligtvis är jag lycklig, Herre Gud tro inget annat! Det vi har här är det bästa som någonsin har hänt mig. Du är det bästa som har hänt mig! Jag satt bara och tänkte på morfar.

Jan kunde inte låta bli att dra en suck av lättnad innan han satte sig och lade en arm om hennes midja. Försiktigt drog han henne till sig samtidigt som hon lade sin kind mot hans breda bröst. Med försiktiga fingrar strök han henne ömt längs de våta kinderna.

– Berätta vad det var du tänkte på, sa han innan han kysste hennes panna.

Joanne log och njöt ett ögonblick av hans varma andedräkt

som letade sig in i hennes hår innan hon svarade:

– Han tog hand om mig när mina föräldrar dog och han gav mig en fantastisk uppväxt. Allt han gjorde var för min skull och för att jag skulle ha det bra. Ändå slutade det med att jag hatade honom. När jag flyttade från gården och började jobba inom den amerikanska militären såg jag saker som enligt alla andra inte fanns. Det slutade ju som du vet med att de satte mig på ett mentalsjukhus och övertygade mig om att jag hade för livlig fantasi. Enligt psykologerna berodde det förmodligen på att min morfar hade berättat för mycket historier för mig. Han berättade alltid om troll och trolljakter och när jag var liten trodde jag att det var på riktigt. När jag var på det där sjukhuset hatade jag alla hans historier och till slut även honom för att han hade berättat dem. De lyckades övertyga mig om att det var hans fel att jag såg saker. Jag hatade verkligen allt som hade med morfar att göra. Även om det bara var under en väldigt kort tid så är det hemskt.

Jan kramade henne länge medan hennes tårar långsamt rann.

– Nu vet du ju att han hade rätt och att historierna var sanna. Det visste du inte när du satt inspärrad så det kan du inte lägga någon skuld på dig själv för. Alla de där psykologerna var trygga och i deras värld finns inte troll. Du kan inte klandra dig själv för att du trodde på deras struntprat. Du vet vad jag brukar säga, trygga är tokiga.

Joanne snyftade och tog ett djupt andetag innan hon med ett sorgset leende såg på honom.

– Du brukar säga att stadsbor är tokiga, inte alla trygga.

Jan skrockade lågt innan han rättade henne:

– Nej, stadsbor är galna på riktigt. Trygga är bara tokiga.

Joanne kunde för ett ögonblick inte låta bli att fnissa men sänkte sedan rösten och fortsatte:

– Morfar dog långt innan jag kunde be honom om ursäkt. När han tog sina sista andetag satt jag i en sjukhuscell och hatade honom och allt han stod för.

Det brast för henne och hon krampade i gråt innesluten av Jans starka armar.

– Det var inte ditt fel och det skulle din morfar ha förstått.

– Jag vet, men jag önskar bara att jag fått chansen att berätta hur mycket jag älskade honom innan han dog. Jag önskar att han fått reda på att jag är en vidsynt nu och ser världen som den verkligen är. Jag tror att han skulle ha tyckt om det.

Jan drog henne hårdare åt sig.

– Vet du vad? Nu när det är lugnt här kan vi passa på att åka till Skottland. Jag tror du behöver lite annat och tänka på och i närheten av Junior händer det alltid en massa konstiga saker.

Maggi hade inte fått de svar hon hoppats på men till hennes förvåning hade Edvin raskt packat ihop sina få tillhörigheter och genast erbjudit sig att följa henne upp till höglandet.

Med plirande ögon och ett spjuveraktigt flin långt inne i det spretiga skägget hade han sagt:

– Det kan vara skönt att komma upp på höglandet nu när våren är här. Men en sak ska du veta: blir det dimma så klättrar jag vidare. Uppe på heden vill man inte vara fast i dimman. Särskilt inte om natten.

Maggi kunde inte annat än att nicka och hålla med. Man ville verkligen inte bli fast i dimman om natten. Hon log samtidigt som Edvin slängde upp något som såg ut som en hårt rullad matta på ryggen.

– Om dimman sveper in är det bäst att du klättrar snabbt. Jag kommer nämligen vara precis bakom dig och klättra jag med.

15. Två läger, två eldar

Överraskningen hade varit total och Junior såg sig
panikslaget omkring. Han hade på något konstigt sätt ryckts
ur sadeln och sprattlade nu innesluten i starka armar. För ett
ögonblick trodde han att ett glastroll hade lämnat sin håla
mitt på dagen och gett sig ut på jakt. Förtvivlat försökte han
sprattla sig loss för att nå sitt svärd men lugnade sig när han
hörde ett välbekant skratt. Han sneglade över axeln och
kunde inte låta bli att le trots att hjärtat fortfarande slog
som en stånghammare.

– Morfar, hur kom du hit? ropade han glatt, om än något
uppjagat.

Det var inte obekant för honom att morfar kunde röra sig
som en mild bris över marken utan att man hörde minsta
ljud men att gamlingen i det närmast kunde göra sig
osynlig hade han inte väntat sig.

– Vi kom hit för ett par timmar sedan. Varför sitter du
och dagdrömmer utan att se dig om när du är ute på heden?
Det här är trots allt Cairngorm och även om vi inte är i
närheten av vare sig Doormoor eller Abernethy så måste
man vara på sin vakt.

Junior visste mycket väl vad morfar talade om.

Doormoorheden var glastrollens hemvist och uppe vid

Abernethy låg grottorna där ett av Europas sista draknästen fanns.

– Äh, det är för ovanlighetens skull soligt och vackert i dag. Då vågar varken gröndrakar eller slemproppar lämna sina hålor. Inte ens pappa är ute en sådan här dag. Är Joanne också med?

Svaret kom innan Jan hann säga något. Ett glatt utrop med en tydlig Texasaccent ekade över höglandet.

– Men Gud så stor du har blivit! Kom hit så jag får se på dig.

Junior log lätt generat men ställde sig sedan framför henne så att hon kunde inspektera honom. Till hans förvåning hade han hennes ögon i samma höjd som sina egna. Joanne hade faktiskt rätt, han hade växt. Både Jan och Joanne tog ett varv runt honom och petade då och då på hans nya utrustning. Rustningen som Zion skickat med honom passade perfekt och hade dessutom spännen som gjorde att han hade visst utrymme att växa utan att behöva byta ut den. Borta var den svarta kopian av mammas rustning. Den hade han för länge sedan växt ur. Nu stod han i en rock som mer liknade morfars men med två stora undantag. För det första var den designad för en ryttare och knäpptes bara till magen. Bakre delen var slitsad upp till ryggslutet. De två halvorna som hängde ner längs hästens sidor var fästa runt Juniors ben med ett par dolda remmar. Den andra detaljen var att bröstet skyddades av en mängd små stålplattor i stället för morfars två stora. Andra småsaker som de förstärkta axelskydden hade Zion lagt till på eget bevåg. Juniors ben täcktes av svarta benläder där Zion låtit dragkedjorna som gick från höftbenen ner till hälarna täckas av ett extra lager drakskinn vilket klippts upp i fransar. De skyddande benlädren såg helt enkelt ut som ett par amerikanska chaps. Jan kunde inte låta bli att bli imponerad. Det var en perfekt rustning för en ryttare. Han klämde och kände på detaljerna och hummade då och då gillande.

– Kom Zion hit med den här? frågade han när han slutligen var nöjd.

Junior flinade förväntansfullt samtidigt som han smusslade med någonting framme vid Blacks sadel.

– Nej, han gav mig utrustningen när jag lämnade skolan. Det finns en anledning till att han för tillfället inte vågar komma hit. Jag fick nämligen den här i födelsedagspresent och sedan dess har han varit klok nog att hålla sig borta från mamma.

Jan såg beundrande på den taggiga tingesten. Med handen rörde han försiktigt vid hjälmens spetsiga taggar och sa med djup vördnad i rösten:

– Oj, den är fantastisk. Vilket otroligt vackert arbete.

Bakom honom hördes den amerikanska accenten igen.

Orden uttalades i en märklig blandning av ett stön och en uppgiven suck:

– Men Herre Gud har du också en sådan där gräslig hjälm nu. Jag måste snacka med Zion.

Joanne skakade på huvudet och såg på Jans något fåraktiga min innan hon brast i skratt.

– Jag tror att den där lille smedsdvärgen gör rätt i att hålla sig borta från Lisa. Den där hemska saken är alldeles för lik din morfars fula kruka.

Med hela familjen samlad blev det en fantastisk kväll i den förstärkta stugan ute på heden. Historier om alla möjliga och omöjliga trolljakter blandades i en salig röra. Berättelsen om hur Lisa under sitt senaste besök i Algeriet kommit så nära en Jinner att hon faktiskt rört vid den fick Jan att blekna. Av alla troll som finns i världen är nordafrikanska sandtroll ett av de svåraste att upptäcka och dessutom ett av de glupskaste. Det är förvisso inte i närheten av att vara snabbast då både sydamerikansk skugglöpare och nordiskt kärrtroll är snabbare. Men då de är svåra att upptäcka är de ändå otroligt farliga. Det hade varit en mindre grupp sandtroll som gömt sig precis i utkanten av Saharaöknen och där slukat allt som kom i deras väg. Sandtroll har en beige färgton och en kort borstig päls som effektivt fångar upp öknens sand. En öknens Jinner som ligger platt på marken eller trycker sig mot en sanddyn är i det närmaste osynlig även för en erfaren trolljägare. Den algeriska byrån hade förlorat två jägare till de här trollen innan de ringde efter hjälp. Det hade bara varit Lisas oefterhärmliga förmåga att studsa och hoppa som räddat henne från att bli den tredje. Den lokale jägaren som varit med när hon slutligen lyckades dräpa det sista trollet hade i sin rapport hävdat att hon hade flugit runt i luften och dräpt odjuret ovanifrån. Allt hade tydligen skett så fort att mannen aldrig hunnit uppfatta vad som egentligen hände.

Edvin låg på mage och såg ut över den grönfläckiga heden. De hade följt floden Dee hela vägen från Aberdeen och bara rört sig på natten. Dessutom hade de sett till att hålla sig utom synhåll från den vältrafikerade Deesidevägen. Under de ljusa timmarna hade flera polisbilar med tjutande sirener passerat ute på vägen. Även en helikopter hade som hastigast flugit över dem på sin väg i riktning mot Door. Maggi hade en oroande känsla av att det var henne poliserna letade efter. Nu hade de äntligen kommit upp till toppen av Geallaig och kunde slutligen se ut över höglandet. Gröna dalgångar och karga bergstoppar sträckte ut sig framför dem så långt de kunde se. Hon var äntligen tillbaka på höglandet och kunde återuppta sitt sökande. Långt bort åt norr låg den förbjudna heden och lyste som en

grön smaragd. Det var otroligt hur grönt gräset på
Doormoor var om man jämförde med resten av höglandet.
Maggi vände sig mot den gamle mannen och studerade
hans klädsel. Han hade dragit på sig ett par fläckiga
skinnbyxor och en märklig läderrock. Den hade
förmodligen varit svart en gång i tiden men lutade nu mer
åt det grå hållet. Här och där satt det kraftiga spännen där
något en gång i tiden suttit fastspänt. Nu vittnade bara
spännena om att rocken för länge sedan passerat sitt
bästföredatum. Skulle hon vara ärlig så gällde det nog även
Edvin. Var han lika gammal som han såg ut så var han i det
närmaste uråldrig. Hon rycktes ur sina tankar när han
plötsligt pekade ut över heden.

– Vi stannar här över natten och sedan fortsätter vi så fort
det ljusnar. Håller vi ett högt tempo hinner vi upp på nästa
topp innan mörkret faller igen.
Han sneglade mot henne innan han fortsatte:
– Jag tror inte du vill vara nere i dalen om det blir dimma
i natt. Hellre slå läger här uppe i blåsten än att möta
skräcken och fasan som dimman för med sig.
Maggi kunde inte göra annat än att hålla med. Hon ville
inte återuppleva den skräck som hon fortfarande mindes
med fasa. Hon tänkte definitivt inte bli uppäten en gång till.
Ett inåtvänt leende spelade som hastigast över hennes
ansikte; den här gången var hon åtminstone förberedd.

Klänning och tunna tygskor var ett minne blott. Nu hade hon rejäla funktionskläder och ett par vattentäta kängor på sig. På ryggen bar hon en ryggsäck av mindre modell och för att kunna försvara sig hade hon en stor kökskniv instucken i bältet. Nu visste hon vad som levde uppe på heden och med hjälp av Edvin hade hon dessutom börjat lära sig hur hon skulle bete sig för att undvika dem. Kort sagt, hon var så redo som hon kunde bli.

Den blekt grå gryningen hade övergått i en blöt, men fortfarande lika grå dag. Lågt hängande regnmoln drog in från havet och tömde sin last över höglandet. Jan gick i täten och Joanne och Lisa följde efter, ivrigt pratande om allt mellan himmel och jord. Det märktes tydligt att de båda kvinnorna hade saknat varandras sällskap. Längst bak gick Tom med ett roat leende ständigt lekande i mungiporna. Som en beriden spanare långt framför de övriga red Junior. Det var lätt för honom att hålla sig framför dem då de gick till fots och han satt på Blacks rygg. Den strävsamma ponnyn hade inga problem att ta sig fram på den steniga och branta stigen. Nu hade han vänt om och kom hasande nerför bergssidan. Med lätt hand fick han Black att stanna ett tjugotal meter framför den lilla gruppen.

   – Ni kommer in i molnen om ett par minuter men det är ett ganska tunt lager så vi är snart över dem.

Även på avstånd kunde de se Juniors breda flin. Allihop visste att när de väl kommit igenom molnen så skulle de slippa regnet.

Deras mål med dagens utflykt var att ta sig upp på bergskammen över Doormoorheden. Exakt vart de hade för avsikt att ta sig visste inte Junior men han misstänkte att mamma hade tänkt sig en av de västliga topparna. Det var inte någon av de högsta bergstopparna i trakten men de låg nästan rakt över den enda naturliga ingången in i Doormoor. Österut föll kanten brant ner mot låglandet och inåt land reste sig höga berg åt alla håll. Det var bara den här kilometerbreda öppningen som tillät tamboskap och i värsta fall, trygga dumskallar att släntra ut på heden. Naturligtvis gick det att ta sig in från andra håll men då tvingades man till dagar av krävande vandring och livsfarlig klättring. Dessutom stod det förbudsskyltar runt hela heden. Junior bröt plötsligt igenom molnen och möttes av en strålande sol. Så här högt upp var luften klar och ljuset otroligt kraftfullt. Han kisade en sekund eller två innan han grävde fram ett par solglasögon ur sin packning. Nu när de var över molnen skulle de få fint väder resten av dagen.

Edvin hade samlat på sig en ansenlig mängd pinnar och mindre trädgrenar under deras klättring. Först hade Maggi inte förstått varför han likt en lumpsamlare plockade med sig varenda lös liten pinne han kunde hitta. Det var först när det var dags att slå läger det slog det henne. Uppe på en bergstopp växer det inte några träd. Där finns det helt enkelt inget som man kan göra upp en eld av. Nu hade den förståndige gamle mannen löst det problemet genom att girigt rycka åt sig vartenda litet trästycke som han kunnat hitta. Naturligtvis hade de inte råd med någon stor brasa men det blev ändå trivsamt att sitta högt över molnen och prata vid den knastrande lilla elden. Dessutom var värmen från elden välkommen för det blev snabbt kyligt uppe på berget när solen gått ner. Insvept i en smutsig filt och med brasans dansande lågor reflekterandes i ögonen började Edvin berätta en av sina historier. Precis som förra gången föll Maggis haka långsamt mot marken tills hennes mun formade bokstaven O. Han påstod att han var över 200 år gammal och att han hållit sig ung genom att dricka något som kallades för drakbrygd. Som om det inte räckte med den skrönan så hävdade han dessutom att det inte bara fanns troll och knytt i världen utan även drakar. Enligt hans galna historier var det ur skalet av ett drakägg som den där ungdomsbrygden skapades. Maggi sa ingenting men det var två saker som hon fann lite roande. Det första var hans påstående om att han hållit sig ung genom att dricka den där skalsoppan, han såg ju faktiskt jättegammal ut. Det andra var det där om drakar. Det kunde väl inte stämma ändå, eller? Hon velade fram och tillbaka men kunde inte bestämma sig för om hon skulle tro honom eller inte. Nu visste hon ju att troll fanns på riktigt och det var svårt nog att tro på. Skulle hon berätta för någon i stan att det sprang till hälften genomskinliga troll uppe på Doormoorheden så skulle ingen tro henne. Det var ju för tusan därför hon blivit inlåst. Med tvivel i blicken sneglade hon på den gamle mannen och övervägde om han verkligen kunde tala sanning. Det var mitt i dessa funderingar som hon blev avbruten när Edvin plötsligt pekade ut över höglandet.

– Titta där, det där kanske är din räddares läger.

Hon vände sig om och såg drömmande ut i mörkret. Långt borta glimmade en andra eld. Även den brann högt över molens täckande slöjor

16. Moln eller dimma

Lisa stod med ryggen mot lägerelden och spanade ut i
mörkret. Hon var inte säker men för ett ögonblick hade hon
tyckt sig se en annan eld i fjärran. Anledningen till att hon
inte kunde vara säker var dels för att den i så fall befunnit
sig över molnen, dels för att den, om det varit en eld,
snabbt hade försvunnit igen. Tom kom och ställde sig
bredvid henne och såg ut i mörkret han med. Ömt lade han
en filt över hennes axlar utan att säga något. Lisa pekade ut
över landskapet och frågade nyfiket:
— Vilket berg ligger i den riktningen?
Tom funderade ett par sekunder innan han svarade:
— Det finns flera toppar åt det hållet men Geallaig är den
högsta. Hur så?
Hon svarade tankfullt innan hon tog ett steg närmare och
kröp in under hans arm.
— Åh ingen särskild anledning. Jag tyckte bara att jag såg
en eld därute.
Tom kysste hennes tinning och hon fick rysningar över hela
kroppen när hans varma andedräkt lekte över hennes kind.
— Mm, det är möjligt att det är någon som är ute och
vandrar. Smart i så fall att klättra upp över molnen för att
slippa tälta i regnet. Dessutom är de utom räckhåll för

jagande glastroll så du behöver inte oroa dig. Kom och lägg dig hos mig så kan vi se på stjärnorna. När man är så här högt upp är det ett magiskt skådespel.

Junior hade lämnat lägret långt innan gryningen för att se till Black. Ponnyn hade inte kunnat följa med den sista biten. Det finns faktiskt en gräns även för en mongolisk ponny när det kommer till bergsklättring. Black hade fått övernatta på den sista lilla platån där den steniga stigen tog slut och de rättuppstående bergsväggarna tog vid. Minuterna innan gryningens bleka ljus skulle nå bergssidan nådde Junior ner till avsatsen. I samma ögonblick som en tunn silverlinje visade sig vid horisonten visslade han lågt och förväntade sig att ponnyn skulle dyka upp ur mörkret. När ingenting hände visslade han igen, nu lite högre och med en viss oro i tonen. Platån var stor som ett tiotal fotbollsplaner och krökte sig längs bergsväggen så chansen fanns att Black helt enkelt sov utom hörhåll. Det var först när det ljusnat så pass mycket att Junior kunde överblicka den vida platån som han blev orolig på allvar. Black var inte kvar utan måste ha klättrat ner någon gång under natten. På grund av nattkylan hade han låtit sadel och sadelfilt ligga kvar på ponnyns rygg. När de övernattade ute på heden hände det ofta att Black fick ha sadeln kvar på ryggen. Normalt brukade bara Junior lätta på sadelhjorden för att ponnyn skulle ha det bekvämt. Det var precis vad han hade gjort den här gången med. Det var bara en liten detalj som skiljde den här gången mot hur det brukade vara, Black var inte kvar. Tränset hängde där Junior lämnat det men hästen och den utrustning som fortfarande satt i sadelväskorna var borta. Först tog han upp sin mobil för att ringa mamma. Han tryckte på skärmen så att den tändes, bara för att konstatera att det inte fanns någon täckning. Med ett irriterat stön ryckte han åt sig tränset och började springa. Mamma och pappa fick han helt enkelt ringa när han kom ner till ett område där telefonen fungerade. Nu var han tvungen att hitta sin häst. Även om marken för tillfället var fri från dimma kunde vädret på höglandet slå om och dimman komma tillbaka. Black skulle inte behöva vara ensam om glastrollen plötsligt började jaga.

De hade brutit sitt läger och gett sig i väg för mer än två timmar sedan men hade fortfarande inte kommit ner från bergets branta sluttningar. Det berodde naturligtvis inte på den gamle trolljägaren utan på Maggi. Gubben hade studsat fram över stenar och klippbranter som en galen bergsget. Nu när sluttningen täcktes av grus och småsten hasade han obekymrat ner längs de förrädiskt hala slänterna. Det såg nästan ut som om han åkte slalom. Själv hade hon inte klättrat med samma överdrivna självförtroende. Hon höll noga fast i varje sten och släppte först när hon hade lyckats få ett stabilt tag i nästa. Edvin stannade då och då till och såg oroligt upp mot henne. Ofta fortsatte han sedan med att studera solens läge. Det märktes tydligt att han inte var nöjd med hur långt de hade kommit. Maggi kämpade på och klagade inte en enda gång men innerst inne visste hon att det gick för långsamt. Faktum var att hon var lite förundrad över att han inte frågat henne vart de egentligen var på väg. Hon rynkade irriterat på näsan när hon insåg att det var en väldig tur att han inte hade ställt den frågan. Hon hade nämligen inte en aning. Det som drev henne var behovet att hitta den som räddat henne. För ett år sedan hade hon haft en barnslig tanke om att hon skulle gifta sig med hjälten när hon hittade honom. Nu var hon ett år äldre och hade gett upp den naiva tanken. Det fanns dock något maniskt i hennes sökande som inte riktigt kunde förklaras. Hon var helt enkelt tvungen att hitta sin räddande ängel. Djupt rotat inom henne fanns ett behov av att få veta vad det var som hade hänt den där natten. Naturligtvis bar hon också på en önskan om att få tacka honom för att han räddat hennes liv. Utöver allt detta så brann även en längtan efter att få se hans stiliga ansikte inom henne. Det var ju en hjälte hon letade efter och hjältar måste helt enkelt vara snygga!

– Vi kan ha ett problem, hojtade Edvin plötsligt nedanför henne.

Hon såg ut över kanten men ångrade sig genast när svindeln slog till. Det var fortfarande väldigt lång väg ner till marken.

– Mm, och vad är det? Beror det på att jag klättrar för långsamt? I så fall ber jag om ursäkt för det men om jag klättrar fortare kommer jag förmodligen att falla och slå ihjäl mig och jag kan lova, att om jag är död kommer jag att vara ännu långsammare.

Gubben kliade sig intensivt i sitt vildvuxna skägg innan han plötsligt sken upp och drog fram fingrarna för att se vad han fångat.

– På sätt och vis handlar det om vår hastighet. Ska vi gå i riktning mot berget där vi såg elden i natt kommer vi att vara i närheten av Doormoor när det mörknar. Vi borde i stället kunna gå rakt norrut och slå läger på toppen där borta.

Han pekade mot det närmaste berget.

Maggi såg med en gång att de skulle komma minst en dagsmarsch ur kurs på det viset. Hon frustade surt innan hon kom med ett eget förslag. Med bestämd min pekade hon mot en mindre höjd som låg i deras tänkta färdväg.

– Det finns en liten höjd där borta och skulle det bli dimma i natt kunde vi kanske ta skydd på den? Dessutom är det faktiskt inte säkert att det blir någon dimma och då kommer väl inga slemtroll ut?

Edvin grimaserade åt hennes kommentar innan han irriterat skakade på huvudet.

– Glastroll, de kallas för glastroll.

Maggi blev inte ett dugg imponerad utan svarade buttert:

– Glas är inte mjukt, kladdigt och äckligt. De kan omöjligt kallas för glastroll. Jag kommer fortsätta att säga slemtroll.

Edvin rynkade ansiktet så det täcktes av en tät matta av vinklar och vrår. Det tog Maggi en liten stund innan hon förstod att den gamle mannen flinade. Han flinade fortfarande när han slutligen öppnade munnen igen.

– Vet du vad? Jag tror du har rätt. Slemtroll låter faktiskt bättre. Förresten är glastroll bara ett smeknamn. Deras vetenskapliga namn är brittiskt höglandstroll och de är de enda kända trollen inom gelatinfamiljen.

Maggi såg ner på gamlingen som tog ännu ett till synes livsfarligt hopp nedför bergssidan.

– Nej det duger inte heller. Jag tycker fortfarande att mitt namn är bättre. Förresten, om de är de enda trollen inom ”vad det nu hette” familjen, hur vet man då att det är troll? Edvin såg upp och flinade ännu en gång innan han gjorde tummen upp mot henne.

– Jag håller fortfarande med dig angående namnet. Vad gäller din fråga så är svaret ganska enkelt. De betraktas som troll på grund av att de tillhör kategorin hjärtlösa djur.

Det är faktiskt bara troll som tillhör den kategorin.

Edvin fick ångra att han nämnt det där om hjärtlösa djur. Efteråt fick han nämligen svara på Maggis frågor i timtal. Det verkade som om de aldrig skulle ta slut.

Tom hade fått hålla kvar Lisa med våld när de upptäckte att Junior hade försvunnit. De bestämde, efter att Lisa lugnat sig något, att Jan och Joanne skulle följa pojkens spår och att Tom skulle bege sig hem för att se om han hade begivit sig till stugan. Själv skulle Lisa stanna kvar uppe på toppen och vänta tills solen jagade bort de tunna molnslöjor som fortfarande täckte dalgångarna. Med en stark kikare var chansen stor att hon då kunde få syn på honom. Med hjälp av spegelsignaler kunde hon sedan visa in Jan och Joanne mot hans position. Förvisso räknade de med att Jan skulle kunna spåra honom men det skulle gå betydligt snabbare om han inte behövde hålla blicken i marken hela tiden. Dessutom var hon den av dem som överlägset snabbast kunde komma ner från berget om det skulle behövas. Till skillnad från alla andra kunde hon utan större problem hantera den tvärbranta bergsväggen med relativ lätthet. Nu kokade hon av ilska över Juniors lättsinniga och synnerligen självviska nonchalans. Den lilla rackarungen hade utan att säga ett ord bara smitit i väg. Han skulle få reda på vad hon ansåg om ett sådant beteende när han väl kom till rätta igen. Nu stod hon och studerade de tunna molnslöjorna som låg som ett lock mellan henne och heden nedanför. Det som oroade henne mest var att solen inte verkade få molnen att skingras. I värsta fall kunde solens värme lägga sig ovanför molnen. Då skulle fukten bli fångad under ett varmare lager luft och sjunka ner mot den svala marken. När molnen nådde marken var de plötsligt inte moln längre, då var de dimma. Hon rös ofrivilligt till, dimma över heden betydde att vissa varelser skulle våga sig upp ur sina hålor och börja jaga. Om Junior befann sig ute på slätten när dimman slog till kunde vad som helst hända. Han var helt enkelt inte tillräckligt tränad för att klara sig om trollen började jaga. Hon bet sig i kinden och såg oroligt ner mot marken nedanför. Utom sig av oro stirrade hon i kikaren utan att för en sekund reflektera över den fantastiska utsikten. Nere vid bergets fot syntes Jan och Joanne då de vände ut mot heden. När hon vände kikaren åt andra hållet fick hon syn på Tom som var på väg mot stugan. I fjärran tyckte hon sig för ett ögonblick se ett par små prickar som rörde sig men avståndet var långt och molnen täckte snart hennes lilla utsiktsfönster igen. Hur hon än spanade såg hon dock inte skymten av Junior och Black någonstans.

– Om unga damen ursäktar så är det nog dags för oss att försöka hitta en höjd där vi kan klättra upp. Med ett knotigt

finger pekade Edvin upp mot det allt lägre molntäcket.
Maggi stannade förvirrat upp och vände sig om. Först
stirrade hon bara oförstående på honom men följde sedan
hans knotiga finger med blicken och såg upp mot
molntäcket.

– Vad då, moln är väl inget problem? Även om
slempropparna är övernaturliga så kan de väl ändå inte
flyga?

Hon såg för ett ögonblick orolig ut innan hon fortsatte:

– Eller kan de det?

Edvin suckade först tungt men började sedan rossla.
Ögonblicket senare skakades han av en elakartad hosta. Det
torra hackandet ekade över nejden ett bra tag innan han
återhämtade sig och något övertydligt förklarade:

– Har du inte märkt att molntäcket kommer lägre och
lägre? Vi befinner oss på höglandet och om molnen börjar
gå tillräckligt lågt kommer de att befinna sig i markhöjd här
uppe. Då min goda fröken, kommer de inte att kallas för
moln längre. Då kallas det för dimma. Du vet vad som
gömmer sig i den sörjan, eller hur?

Maggi slängde en hastig blick på molnen innan hon ryckte
på axlarna.

– Vi är fortfarande långt från Doormoorheden. Jag tror
inte vi behöver fly upp på en höjd innan molnen når
marken.

Edvin sa inte emot henne men muttrade surt för sig själv:

– För att vara någon som faktiskt blivit uppäten tar hon lite väl lätt på farorna här uppe. Även om hon inte längre kan betraktas som en trygg så är hon nog fortfarande lika tokig som en.

Black stod lugnt och betade nere vid bäcken. Det hade tagit Junior två timmar att hitta ponnyn och han gillade inte alls att det egensinniga djuret nästan vandrat till kanten av Doormoor. Med flinka fingrar satte han tränset över hästens huvud och slängde tyglarna över djurets hals. Snabbt slängde han sig upp i sadeln och satte fart på hästen. De första tunna molnslingorna hade redan börjat smeka gräset. Om några minuter skulle odjur som de flesta människor inte trodde fanns kravla upp ur sina hålor och då ville Junior vara så långt borta från den förbjudna heden som möjligt.

17. I väntan på en hjälte

Maggi hade naturligtvis haft fel och satt nu uppflugen på en
låg klippa omgiven av dimma. Hon kände sig ändå ganska
trygg där hon satt med ryggen mot Edvin. Klokt nog hade
hon satt sig så att vinden förde hans något påträngande
kroppsodör bort från henne. Överraskat ryckte hon till när
han oväntat frågade:

– Varför är vi uppe på höglandet egentligen? Om det är
för att du vill hitta den som räddade dig så kommer det inte
att gå. Jag är nämligen ganska säker på att du blev räddad
av en av mina gamla kollegor och den personen kommer du
aldrig att hitta genom att springa runt här uppe. Att försöka
finna en trolljägare är lika hopplöst som att försöka fånga
en skugga. Du kommer bara att kunna hitta honom om han
vill att du ska göra det.

Maggi vände sig inte om utan såg ut över det kuperade
landskapets vita täcke.

– Jag har förstått det, men jag måste helt enkelt försöka.
Det kanske låter lite fånig men vem han än är så räddade
han mitt liv. På något sätt måste jag helt enkelt få tacka
honom.

Det hon lät vara osagt var att hon också ville se om han var
så stilig som hon mindes. Hon hade trots allt inte sett

honom så bra från sin position inne i slemproppens mage. Edvin grymtade bara till svar och började rulla upp sin packning. Maggi fortsatte att stirra ut över heden utan att bry sig om vad den gamle mannen sysslade med. Hon förstod dock inte varför han skulle använda sin matta nu. Det fanns definitivt inte utrymme för att ligga och sova på den lilla klippans topp. Plötsligt ryckte hon till och lyssnade. Utifrån dimman hördes först ett lågt klafsande ljud som långsamt ökade i styrka när det kom allt närmare. Det följdes som hastigast av ett skrapljud innan det åter blev tyst. Sekunden senare såg hon den första virveln i den mjölkvita dimman. Utan att röra en muskel viskade hon lågt över axeln:

– Jag tror de är här. Jag ser minst en virvel och det är förmodligen inte det enda odjuret som finns i närheten. Bakom henne tystnade ljudet från Edvin en sekund innan ett märkligt knarrande avslöjade att han oberört fortsatte med sitt grejande. Hon vände sig dock inte om utan höll blicken fäst på virveln som långsamt och vindlande kom allt närmare deras lilla höjd.

Dimman hade kommit plötsligt och lagt sig som ett täcke över höglandet. Junior var bara ett par kilometer från stugan men vände tvärt och lät Black trava fritt ut på heden. Under normala omständigheter skulle han genast ha begett sig till ingången till Doormoor när det blev dimma. Nu var dock hela heden täckt av ett vitt täcke och det var inte normalt. Hans vanliga ställe vid bäcken var inte längre aktuellt nu när dimman inte höll sig kvar på den förbjudna heden. En sådan här dag skulle de slemmiga bestarna bege sig långt ut på höglandet i jakt på byte. Ville Junior överleva länge nog för att se ännu en gryning vore det nog smart att inte ge sig in i det absolut värsta området. Inte för att han trodde att trollen skulle få tag på honom utan för att om mamma fick reda på att han ridit till kanten av Dorrmoor så skulle hon helt enkelt bli galen. Med ena handen höll han tyglarna för att med den andra dra fram sin dubbelkrökta pilbåge. Vant och utan någon större ansträngning strängade han bågen och hängde den över sadelhornet. När dimman slutligen blivit så tät att han inte såg mer än ett tiotal meter framför sig knäppte han loss draksinnet från sin nacke och fäste det över ansiktet. Med en bestämd handrörelse fällde han sedan ner stålskyddet. Vad som än skulle komma att hända så var han redo. Han hade ridit i en timme när ett plaskande ljud varnade honom om att faran närmade sig. Försiktigt drog han åt sig tyglarna så att Black stannade. I tystnaden som uppstod väntade han på att odjuret skulle avslöja sin position. I vad som kändes som en evighet (fast det bara rörde sig om någon minut) satt han blickstilla och lyssnade. Med knäna

manade han på Black och den luggslitna ponnyn rörde sig
försiktigt framåt. Junior hittade en liten höjd och när han
kommit upp på toppen kunde han, om han ställde sig i
stigbyglarna se över dimmans täta täcke. Bakom sig såg
han berget där de sovit natten innan och rakt framför
honom låg den topp där en eld hade synts. Plötsligt fick han
dåligt samvete, han hade glömt att ringa mamma. Då han
inte såg någon rörelse i dimman plockade han fram sin
telefon och letade fram telefonboken. Mammas telefon
hade ingen täckning. Pappa däremot svarade redan på andra
signalen.

– Hej pappa, jag är på heden mellan Doormoor och
Geallaig. Allt är lugnt här, bara så ni vet.
Toms röst var låg och Junior kunde tydligt höra att pappa
viskade:

– Håll dig borta från Doormoor och försök att ta dig hem.
Jag är för tillfället fast på heden mellan berget och stugan
så jag kan inte hjälpa dig. Den här jäkla soppan kom fortare
än vad jag trodde var möjligt. Mamma är kvar uppe på
berget så skulle du få problem kan du alltid dra dig åt det
hållet. Eller också kommer du hit så att jag kan klättra ner
från den här förbaskade klippan. Morfar och Joanne är
någonstans bakom dig men de spårar så det kommer att ta
ett tag innan de hinner i fatt.

– Mm, vill du att jag ska komma och hämta dig?

Tom tvekade en lång stund innan han med viss nedslagenhet skrockade:

– Ja det skulle jag faktiskt vilja att du gör. Jag tror visserligen att jag är säker uppe på den här klippan men den är inte särskilt bekväm. En drakjägare är inget bra på det här med troll och jag tänker inte ens försöka ta mig hem genom dimman. Jag väntar här tills du kommer.
Junior log och kunde inte annat än att älska sin far. Pappa kunde verkligen konsten med att få Junior att känna sig betydelsefull. Han skulle precis svara när ett hest skrik skar som en rakkniv genom dimmornas slöjor.

Maggi satt som en staty och rörde inte en muskel när ännu en virvel svepte tätt förbi deras lilla höjd. Åt ena hållet stupade det brant men åt det andra hållet, det håll som hon satt vänd mot var kullen flatare. Endast en lätt sluttning skilde henne från dimman. Den svaga sluttningen gav inte minsta skydd om något odjur skulle få lust att äta upp dem. Enligt Edvin skulle de vara säkra så länge dimman inte nådde toppen men det var en klen tröst. Dock verkade det, än så länge, som om han hade haft rätt. Deras lilla rastplats svävade som en flygande ö i dimman och än hade inte någon slempropp vågat sig fram.

– Problemet är att du luktar människa. De fördömda odjuren känner den lukten på långt håll.

Maggi sniffade försiktigt på sin ena ärm men kände ingen annan lukt än den, milt sagt, kraftfulla odör som stod som ett moln runt Edvin. Hon rynkade ogillande på näsan och fnös nästan fram orden:

– Det är inte jag som luktar som om jag rullat mig i hönsskit. Jag tror de känner din lukt mycket bättre än vad de känner min.

Den gamle trolljägaren log ett tandfattigt leende och skakade roat på huvudet.

– Du förstår inte vad jag menar. Du luktar människa. Jag luktar mer som dem. Det är inte mig de i första hand kommer att leta efter här.

Han sniffade på sin rock och rynkade på näsan innan han återigen sträckte på halsen för att spana ut över dimman. Det roade leendet lämnade inte hans ansikte vilket gjorde Maggi ännu mer irriterad.

De hade suttit uppe på sin klippa i en ganska lång stund när en halvt genomskinlig hand, stor som Maggis hela överkropp plötsligt sträcktes upp ur dimman. Maggi fick ducka när den som hastigast svepte genom luften över hennes huvud. För en sekund stannade den upp innan handen med ett plask slog ner precis bredvid henne. Trots att hon tycktes frysa till is kom inte ett knyst över hennes läppar. Däremot, och till Maggis stora förvåning, gav Edvin till ett hest vrål innan han ryckte åt sig den där grejen som han pillat med och hoppade. I ena sekunden hade han suttit bredvid henne och i nästa sekund var han som uppslukad av dimman. Den enorma trollhanden hade dragits tillbaka och endast ett kladdigt avtryck fanns nu kvar. Plötsligt var hon ensam och den trygghet hon tidigare funnit i den gamle mannens sällskap var borta. Under henne virvlade dimman runt i en galen dans och hon insåg att den före detta trolljägaren förmodligen var på väg att gå en säker död tillmötes. Hon bleknade ännu mer när hon upptäckte nya virvlar som dansade mot höjden. Med allt större säkerhet började hon förstå att hon snart skulle komma att dela trolljägarens oblida öde.

Trots den dåliga sikten stormade de fram. Jan hade inte längre blicken i marken utan rusade blint efter de ljud som ekade över heden. Det hade börjat med ett skrik i fjärran och sedan hade de hört en hästs klapprande hovar mot den stenbelagda marken. Både Joanne och Jan var säkra på att den enda häst som befann sig på den här delen av höglandet var Juniors. Det var därför de nu rusade fram genom de mjölkvita slingorna som täckte marken mellan bergstopparna. Runt Joannes fötter frasade vide och gräs i varje steg och hon höll blicken fäst på Jans breda ryggtavla. Hon ville för död och pina inte tappa bort honom i dimman.

Runt hans fötter frasade det nämligen inte alls. Hon fick ett missnöjt uttryck i ansiktet när hon insåg att han lika gärna kunde sprungit på luftkuddar. Det hon inte förstod var hur det ens var möjligt att röra sig så tyst.

Black var säker på foten och skulle förmodligen ha klarat av en högre fart även i den här terrängen men Junior ville inte chansa. Även om han insåg att varje sekund kunde innebära liv eller död för den som skrikit så ville han inte att hans bästa vän skulle komma till skada. Han lät därför ponnyn själv bestämma tempot. Plötsligt kastade sig Black åt sidan samtidigt som han tog ett stort språng framåt. Ponnyn vred lite på kroppen och sparkade bakut. Junior fick hålla sig i för glatta livet och var nära att åka i backen. Bakom sig hördes han ett vått smackande när de båda järnklädda hovarna träffade något mjukt och kladdigt. Junior tvekade inte utan vred sig i sadeln och avfyrade sin första pil. Han siktade inte utan släppte den bara åt det håll som ljudet kommit från. En tillfredsställande duns och ett nytt smaskande ljud berättade för honom att han hade träffat rätt. Innan han hunnit få upp en ny pil ur kogret rusade Black uppför en liten höjd och när Junior för ett ögonblick såg över dimman upptäckte han ännu ett odjur och det var bara ett par galoppsprång bort. Han skulle inte hinna få en ny pil på strängen.

Maggi satt som förstenad och vågade inte andas. Nu var det kaos runt hennes lilla höjd. Nedanför branten hördes då och då ett knarrande som sedan följdes av ett smällande ljud. Hon förstod inte vad det var som hände. När hon plötsligt uppfattade ljuden av en galopperande häst sträckte hon på sig för att se vad som hände. Hon hann inte mer än resa sig innan något oerhört skrämmande lufsade upp ur dimmans vita täcke. Även om hon som hastigast sett ett av odjuren tidigare så hade hon inte insett vidden av slemtrollens ohygglighet. Framför henne verkade ett enormt och till hälften genomskinligt monster födas fram ur dimman. När odjuret sträckte ut sin enorma labb blundade hon hårt och kved hjälplöst. Benen vek sig och föll ner i sittande ställning.

Junior såg ingen annan lösning och handlade instinktivt. Han släppte bågen och drog sitt svärd i ett fåfängt försök att hinna få fram det i tid. När Black stormade förbi besten lyckades Junior sträcka ut sin arm så att svärdet skar som en flygplansvinge genom luften. Innan odjuret ens hunnit upptäcka hotet flög dess fula huvudet i en vid båge över höjdens flata topp och försvann ner på andra sidan. Ett andetag senare dundrade Black förbi en hopkrupen gestalt som satt högst upp på kullens topp. Genom visirets ögonhålor såg Junior en syn som ständigt varit närvarande i hans drömmar sedan den där natten förra sommaren. Det kändes som om tiden stannade och hans såg varje liten detalj. Det var som om han studerade en tavla. Håret som böljade när hon skakade av rädsla skiftade mellan koppar och guld. Det vackra ansiktet med sina fräknar var nedåtvänt och hennes underbara ögon hårt slutna. Oförmögen att ta blicken från henne stirrade han i vad som kunde ha varit en evighet. Tiden stod stilla och Junior hade helt glömt bort de monster som doldes i dimman. Det var inte förrän Black vräkte sig över kanten som han åter rycktes tillbaka till verkligheten. Han lutade sig bakåt och parerade nedslaget när de återigen var tillbaka inne i dimman. Junior svepte runt och letade efter nya hot men dimman hade börjat skingras och inte ett enda odjur verkade finnas i närheten. Innan han fått ordning på tyglarna hade Black burit honom långt ut på heden och bort från den vackraste flickan i världen. Han andades våldsamt och vände sig hastigt om i sadeln. Förundrat stirrade han mot höjden som snabbt försvann bakom dem. Han drog åt sig tyglarna och satt sig tungt i sadeln för att få ponnyn att stanna. När han satt stilla sträckte han på sig och försöka se henne igen. Plötsligt letade sig ett minne upp i hans medvetande. Vad var det hon hade sagt nu igen? *"Din lilla skitunge. Jag vill aldrig mer se dig. Visa dig inte här igen*". Hans min hårdnade innanför ansiktsskyddet; nåväl, hon skulle inte behöva se honom. Med en bitter smak i munnen tog han en lång omväg runt höjden. I tystnaden som nu låg över höglandet vände han ponnyn och red i väg för att plocka upp pappa. Han tackade sin lyckliga stjärna för att bågen fastnat runt sadelhornet. Det hade varit förskräckligt förargligt om han hade behövt rida tillbaka för att hämta den.

18. Kvinnors raseri

Junior hukade där han satt vid köksbordet och kände som
om livet hastigt närmade sig sitt slut. Han kunde inte
påminna sig om att han någonsin sett mamma så arg. Hans
blick flackade mellan pappa och morfar i ett försök att få
lite sympati men de båda bredaxlade männen verkade för
en gång skull vara helt överens med mamma. Junior insåg
snabbt att det inte fanns något stöd att hämta där.

   – Så du lämnade oss mitt i natten för att titta till din häst.
Sedan tyckte du att det var helt okej att bara försvinna utan
att säga till? Fanns det inte en enda tanke i ditt huvud som
sa att någon kanske skulle bli lite orolig om du inte var
kvar i lägret när vi andra vaknade? Hur kan man vara så
otroligt självisk att man inte talar om att man ska ge sig i
väg? Du kunde ha dött!

Lisa röt så att det skallrade i fönsterglasen. En kopp som
stått något för nära bordskanten tippade och föll. Innan den
krossades mot golvet fångade en kraftig hand som i
förbifarten upp den. Jan började sedan studera
porslinspjäsen som om han aldrig sett en kopp förut. Det
var tydligt att han inte tänkte komma till undsättning.
Junior försökte lamt peta in en och annan ursäkt i de korta
mellanrum som uppstod när Lisa hämtade andan.

– Jag hade tänkt att ringa men det fanns ingen täckning uppe på berget. Black hade ju försvunnit och det kändes inte bra att han skulle vandra runt helt ensam när dimman var på väg att lägga sig.

Att han på något sätt skulle ha vetat att molntäcket skulle ta mark och lägga hela höglandet i dimma var naturligtvis en lögn. Det var ett ytterst sällsynt väderfenomen som dessutom var helt omöjligt att förutspå. Hans lögn exploderade i ansiktet på honom så fort den lämnade hans mun. Det var också då han insåg att mamma var allt för smart för att han skulle komma undan.

– Du lämnade toppen mitt i natten. Det var stjärnklart och fanns inte några som helst tecken på dimma. Om det inte är så att du på något oförklarligt sätt förvandlats till en av Skottlands bästa väderspåman så är det där bara struntprat. Junior suckade ljudligt och ryckte uppgivet på axlarna.

– Jag hade faktiskt tänkt att ringa, muttrade han truligt. Kommentaren fick Lisa att återigen fara ut mot honom i ett i det närmaste vilt raseri.

– Jag kan garantera att du kommer att ringa om du ska någonstans i fortsättningen. Från och med nu har du gårdstjänst och du ska ringa mig om du så ska gå på toaletten. Du tar banne mig inte ett enda steg utanför gårdens murar på 30 dagar, är det förstått?

Junior såg moloket ner på sina händer utan att svara. Han

insåg att den här sommaren inte skulle bli som han hade tänkt sig. Sakta och utan att titta upp nickade han bara för att visa att han hade förstått.

Hon stod med händerna i sidan så att armbågarna pekade rakt ut. Med en envis min blängde hon på honom i väntan på ett svar. Edvin kliade sig i det långa, toviga håret och såg lätt förvånad ut. Halvhjärtat, och nästan lite räddhågset pekade han ner från höjden och sa:
 – Men jag var ju tvungen att hoppa ner för att komma åt odjuret.
 Han slog urskuldande ut med armarna för att sedan återigen peka ner mot marken. För Edvin hade det varit helt naturligt att ge sig in i dimman. Nu hade han en ilsken ung flicka framför sig som bannade honom. Han hade helt enkelt svårt att förstå vad hon tyckte att han hade gjort för fel.
Maggis ögon blixtrade av raseri när hon för tredje gången ställde samma fråga. Egentligen var det mer ett påstående än en fråga och dessutom i en tydligt anklagande ton.
 – Du lämnade mig ensam så fort det där monstret visade sig. Jag kan inte fatta att du faktiskt bara lämnade mig. Tänkte du för en sekund på hur jag skulle uppfatta det hela?
Edvin knarrade och vred likt en uggla huvudet fram och tillbaka samtidigt som han kisade upp mot henne. När hon

stod med armbågarna ut från kroppen i en lätt framåtlutad
ställning kunde han inte låta bli att tycka att hon såg ut som
en liten kråka. Med ett litet krumsprång skuttade han ner
till den vita kiselstenen som låg vid kullens fot. Han riktade
ett darrande finger mot trollkadavret och pekade på
pilskaftet som stack ut från "stenens" ena sida.

– Det ligger här. Jag menar odjuret som försökte komma
åt dig har dragit ihop sig och ser nu ut på det här viset.
Han klappade på det döda trollet och drog med ett ryck ut
pilen innan den fastnade under kadavrets
försteningsprocess. Sedan viftade han ivrigt med pilen som
för att visa vad han menade. Maggis vrede flammade
fortfarande inom henne men nu fick hon ett något förvirrat
uttryck i ansiktet. Det såg nästan ut som om det blev någon
sorts kortslutning i hennes tankebanor. Förvirrat pekade
hon mot det vita klippblocket för att sedan vända sig om
och peka mot andra sidan av höjden.

– Men om du dödade odjuret på den sidan, vart kom då
den där stenen ifrån?
Plötsligt rätade hon på sig och den sista vreden rann av
henne. När slemtrollet hade dykt upp ur dimman hade hon
blundat och väntat på att något hemskt skulle hända. Men
ingenting ont hade hänt henne. Om Edvin hade varit
nedanför höjden och jagat ett odjur måste någon annan ha
dödat det här trollet. Någon hade alltså dykt upp i sista

sekunden och räddat henne, ännu en gång. Det var först nu när allt hade lugnat ner sig och hon slutligen tröttnat på att skälla på Edvin som hon kom att tänka på något som hon tidigare hade missat. Visst tyckte hon sig ha hört hovklapper när hon kurade ihop sig och väntade på slutet. Ilskan flammade åter upp i hennes bröst men den här gången var det inte Edvin som var måltavlan. Den förbaskade riddaren hade räddat henne ännu en gång men hade sedan bestämt sig för att bara försvinna. Precis som förra gången. Varför kunde den eländiga karlsloken inte bara stanna så att hon kunde tacka honom? Hon kunde inte längre hålla frustrationen inom sig. Lutad ut över klippkanten vrålade hon för full hals:

– Varför måste alla vara så himla jobbiga hela tiden!

Junior hade haft en ofattbar tur. När tre av hans 30 dagar av husarrest hade förlupit löste sig det hela av sig självt. Mamma hade blivit kallad till Mexiko för att ta hand om ett problem med skugglöpare och hade lämnat över ansvaret för bestraffningen till pappa. Pappa var dock ganska snart tvungen att bege sig till drakreservatet då en av drakarna hade börjat röra på sig. Morfar och Joanne var förvisso kvar men Joanne lät honom göra lite som han ville och morfar uppmuntrade honom till och med att bryta mot mammas regler. Junior log och sneglade bort mot Jan där han satt vid köksbordet och slipade en pilspets; morfar var cool. Han var helt enkelt bäst.

– Jag tar ut Black på en sväng, ropade han samtidigt som han stängde dörren bakom sig.

Det sista han hörde var morfars röst som sa:

– Se till att inte bli skadad. Jag tänker inte att vara här och få skäll när din mamma kommer hem om du gjort dig illa under din husarrest.

Junior log och kunde inte låta bli att skratta av lättnad. Han kunde vara ute på hedarna hur mycket han ville så länge morsan var på uppdrag. Vart han skulle bege sig hade han bestämt redan innan han fått husarrest. Han hade sett flickan som spökade i hans drömmar där uppe på den lilla höjden. Nu tänkte han försöka ta reda på vad i hela fridens namn hon gjorde uppe på höglandet. Hon borde rimligtvis ha fått nog av odjuren förra gången hon var här. Logiskt sett borde hon hålla sig så långt från Doormoor som möjligt. Naturligtvis tänkte han inte låta henne förstå att han höll ögonen på henne. Det var ju inte så att han hade tänkt rida fram och säga hej. Hon hade faktiskt uttryckligen förbjudit honom att någonsin närma sig henne igen. ”*Jag vill aldrig mer se dig*” eller något liknade var det sista hon skrikit efter honom den där gången som han besökte henne på sjukhuset. Förutom det där med att han inte skulle tro något och att hon inte dejtade yngre killar förstås. När han tänkte efter så var det faktiskt ganska många fula ord som åtföljt den där sista kommentaren. Helt otroligt att en så söt mun kunde få ur sig så många svordomar. Trots alla fula ord som kommit ur hennes mun så tyckte han nog att det där tramset om hans ålder ändå var det värsta. Junior grymtade irriterat och fnös:

– Spelar väl ingen roll om jag är yngre eller äldre än henne. Det är ingen som vill ha mig som pojkvän oavsett ålder.

På sätt och vis hade han faktiskt rätt. Under hela sin tid på skolan i Andalusien hade han aldrig haft någon flickvän. Hade han gjort ett tafatt försök att närma sig någon hade flickan i fråga ganska snart börjat ställa ingående frågor om hans mamma i stället för att intressera sig för honom. Att vara son till byråns största superstjärna var en börda som han inte ens visste att han bar. Vad han dock med säkerhet visste och som hade satt djupa spår i hans självförtroende var att han aldrig varit föremål för en flickas kärlek. Naturligtvis hjälpte det inte heller att han ständigt fick höra hur duktig mamma varit när hon var i hans ålder. Nej, Junior tänkte inte rida fram till den bedårande flickan och säga hej. Det fick räcka med att bevaka henne på avstånd. Då kunde han åtminstone se till att hon inte råkade illa ut igen.

– Är den här också din?

Maggi pekade på en pil som stack ut ur en annan sten. Edvin kom lunkande runt höjden och såg med viss förvåning på kiselblocket som låg ett tjugotal meter från höjden. Pilen stack rakt upp i luften och hade för länge sedan fastnat i trollkadavret.

– Nej, mina styrfjädrar är från grågås. De där ser ut att vara från kanadagås.

Han skuttade förvånansvärt vigt förbi henne och var snart borta vid stenblocket. Med båda händerna försökte han dra ut pilen vilket bara resulterade i att pilen bröts. Med det nu betydligt kortare pilskaftet i handen vände han sig om för att visa henne skillnaden. Som en uggla som plötsligt ser något intressant vred han plötsligt på huvudet och smackade ljudligt med tungan. Ytterligare en stor kiselsten låg avigt placerad halvvägs uppför kullen. Edvin släppte pilskaftet och smög försiktigt fram mot det. Det såg ut som om han trodde att stenen plötsligt skulle komma till liv. Nu var just den saken inte så egendomlig då "stenen" faktiskt varit vid liv för bara några minuter sedan. Maggi såg förvirrat på honom när han började syna det halvrunda klippblocket innan hon plötsligt fick något vasst i rösten. Den anklagande tonen var tillbaka när hon pekade på den stenen och fräst:

– Jag tror det var den där som försökte komma åt mig när du bara försvann. Fattar du hur nära det var att jag blev dödad?

Edvin smackade med tungan igen utan att ta någon notis
om hennes kritik. Han flackade bara med blicken från det
ena stenblocket till det andra. Hummande sträckte han upp
sig och började sedan stega avståndet mellan de båda
vitskimrande stenblocken. När han var klar nickade han
gillade och verkade imponerad.

– Skickligt, det måste jag erkänna. Den mannen är
verkligen duktig på det han gör.

Maggi förstod inte ett ord, eller rättare sagt, hon förstod
vart och ett av de ord som lämnade hans mun men inte vad
han försökte säga med dem. Uppgivet ryckte hon på
axlarna och var helt enkelt tvungen att fråga:

– Vad är det som är så märkvärdigt med att han dräpt två
troll? Du dödade ju också ett.

Edvin flinade så att hans ansikte blev alldeles täckt av
rynkor.

– Den här mannen satt till häst och dödade det första
odjuret med pilbåge. Det här trollet är dräpt med ett svärd.
Han tystnade som om det förklarade allt. Maggi var dock
inte nöjd. Hon slog upprört ut med armarna och utstötte ett
läte som verkade både vara ett stön och en djup suck
samtidigt:

– Hallå?!?

Enkelt förklarat så är detta ett för ungdomar universellt sätt att fråga, "vad i hela fridens namn är det du pratar om? Kan du vara snäll och förklara lite tydligare så att jag förstår vad du menar?"

Edvin som var inte bekant med ungdomars språkbruk såg först bara förvånad ut. När han väl processat det hela och insett vad hon menande sken han upp och pekade på de båda stenarna.

– Det är tolv meter mellan kadavren och på en häst i galopp tar det ungefär tre till fyra sekunder att ta sig den sträckan. Den här mannen har hunnit skjuta, stoppa undan pilbågen och dra sitt svärd. Dessutom har han huggit huvudet av besten så han har varit tvungen att hinna sikta innan han högg. Det här är faktiskt något av det mest imponerande jag någonsin har sett.

Maggi förstod fortfarande inte riktigt vad Edvin menade men hon kunde ändå inte låta bli att känna hur hjärtat bultade lite hårdare. Hennes räddare var inte bara stilig, han var tydligen skicklig också. Hon kände också en helt annan känsla komma smygande, hon längtade hem. På ett ganska påtagligt sätt hade höglandet visat sig vara en farlig plats. Hon kände av tröttheten som tyngde hela hennes kropp och ville bara vila. Att krypa in i närmaste snår och sova här uppe kändes helt enkelt inte som någon bra idé.

– Edvin, om du inte misstycker så kommer jag att gå hem nu. Om jag behöver din hjälp igen, kommer jag att hitta dig i gränden då?

Den gamle trolljägaren gnisslade tänder och rynkade ihop sitt ansikte mer än vad som borde ha varit möjligt innan han svarade:

– Jag tror inte att jag kommer att återvända till gränden. Jag blir nog kvar här uppe. Din räddare är något av ett mysterium och han har fått mig att bli nyfiken. Jag tror att jag vill träffa honom.

Maggi såg ut som ett frågetecken och kunde inte låta bli att ställa den ganska självklara frågan:

– Varför är han ett mysterium? Han är väl en trolljägare precis som du?

Maggi tänkte inte ens på att hon för bara ett år sedan inte ens visste att trolljägare fanns, eller troll för den delen. Edvin log brett när han svarade:

– Visst är han en trolljägare. Jag har svårt att se hur någon annan skulle klara av det han har gjort här. Men han är inte en sådan jägare som jag var. Den här mannen är en jägare som sitter till häst. Sådana har inte byrån haft på över 100 år. När jag var liten talades det vördnadsfullt om dessa ridande hjältar från fornstora dagar men trots alla mina år i byråns tjänst har jag aldrig träffat någon. För länge sedan fanns det en grupp legendariska ryttare som arbetade ute i Sahara. De var av berberfolket och kallades för skuggryttare men jag har svårt att se hur en sådan man skulle ha kunnat hamna i Skottland. Men visst, med tanke på hur lätt han löste det här problemet så skulle det mycket väl kunna röra sig om en sådan ryttare. Så för att sammanfatta svaret på din fråga, han är en trolljägare, men inte en sådan som jag. Den här mannen är en mästare och en sådan skulle jag gärna vilja träffa. Behöver du min hjälp så kom till Doormoorhedens mynning. Jag kommer att finnas i närheten.

Han flinade mot henne innan han tog ett steg bakom höjden och försvann, som om han blivit uppslukad av jorden.

19. Dåliga beslut

I tre veckor hade de hållit henne inspärrad. Cellen som hon
nu befann sig i var rymningssäker och hade madrasserade
väggar. Hon kunde inte förstå hur hennes egen pappa hade
kunnat förråda henne på det här viset. När hon kommit hem
hade han varit nykter och omfamnat henne med tårarna
rinnande nerför kinderna. Han hade varit gråtmild och
prisat högre makter för att hon levde. När han frågvist
undrat vad hon hade haft för sig hade hon inte upptäckt
fällan förens det var för sent. När hon berättat om sina
upplevelser hade det först verkat som om han tagit henne
på allvar. Han hade oroligt skakat på huvudet och sett
alltmer chockad ut över vad hon hade fått utstå uppe på
höglandet. När hon väl berättat färdigt hade hon sett att
hennes berättelse hade skakat om honom. Det hade
skramlat något alldeles förskräckligt om kastrullerna när
han lagade till maten. I ett förtroligt tonläge hade han gång
på gång viskat:

– Det kommer att bli bra. Du ska se att allting kommer att
ordna sig. Det kommer en tid då du kan känna dig trygg
igen.

Så här i efterhand borde hon ha vetat bättre än att lita på

honom.

Efter middagen hade hon gått och lagt sig och somnat nästan med en gång. De vanliga mardrömmarna hade lyst med sin frånvaro och hon hade i stället drömt om sitt hjärtas tilltänkta. Det hade varit en bra dröm och hon hade sovit tungt. Tidigt på morgonen hade två synnerligen hårdhänta skötare från den psykiatriska avdelningen i Edinburgh brottat ner henne på golvet och försett henne med en tvångströja. Den som varit värst hade varit en plattnäst äckelpotta som ständigt lagt sina tafsande händer på ställen där de inte var välkomna. Pappa hade kvidande och på det mest ynkliga sätt försökt få henne att hålla sig lugn. Det var först när hon legat fastspänd på båren och var på väg till Edinburgh som det gått upp för henne hur det hela måste ha gått till. Pappa hade naturligtvis ringt till polisen och meddelat att hon kommit hem. När hon kastat anklagelsen i ansiktet på honom hade han först inte sagt någonting. Det var när hon gråtande tiggt om att få veta sanningen som han slutligen börjat berätta. Han hade bedyrat att det bara varit för att tala om för polisen att de inte längre behövde leta efter henne. Något skamset hade han även medgivit att han hade berättat om vad hon sagt om höglandet. Det var kanske polisen som beställt hämtningen av henne men hon kände det ändå som om det var pappa som svikit hennes förtroende. Han hade gråtande bara upprepat att allt han ville var att hon skulle bli bra igen. Vem det än var som hade ringt till psyket så hade resultatet blivit att hon åkt fast igen. Då hon redan rymt två gånger blev hon den här gången placerad på en stängd avdelning där stora, och i hennes fall, elaka skötare såg till att ingen lyckades smita. Nu hade hon varit isolerad i tre veckor och hade under den tiden inte fått ta emot ett enda besök. Faktum var att hon inte ens fått besöka rastgården. Hon hade inte sett dagsljus sedan de låste in henne i cellen. Det värsta var att den skötare som hade hand om hennes avdelning var ett riktigt äckel. Mannen var stor som ett hus och älskade att dra i spännena till tvångströjan eller att helt enkelt bara knuffa omkull henne. Sedan stod han där och hånlog åt hennes försök att resa sig. Som om detta inte var nog så kladdade äcklet dessutom på henne på ett sätt som fick henne att känna sig smutsig. Den märkliga blandningen av lystnad och hat som ständigt fanns i hans blick skrämde henne mer än hon vågade erkänna. Maggi var öm och hade blåmärken över hela kroppen. Det är inte lätt att ta emot sig när man faller i golvet om man har armarna låsta bakom ryggen. Det påstods att alla som jobbade på sjukhuset och hade hand om patienter var utvalda och skolade för att hjälpa dem till att kunna återgå till ett normalt liv. Den lögnen hade hon ganska snart genomskådat. Det plattnästa kräket hade omöjligt kunnat klara av en utbildning till sjukvårdare. Han var helt enkelt för dum. Maggi hade under sin tid på avdelningen börja misstänka att plattnäsan drevs av en sadistisk lust som inte hade ett dugg med patienternas tillfriskande att göra. Det var dessutom så att det äcklet kunde göra nästan vad han ville med henne utan att riskera att åka fast. Vem skulle tro på ett klagomål från en intagen patient på ett mentalsjukhus? De trodde inte på hennes berättelser om trollen och skulle naturligtvis inte heller tro henne om hon berättade att plattnäsan tafsade på henne. För första gången sedan hon åkte fast hade hon nu fått ett litet hopp. Kanske skulle hon få en möjlighet att rymma. Hennes tid i isoleringscellen var över och hon skulle få börja träffa en psykolog. Maggi hade redan börjat planera sin flykt när hon fördes genom de vitkalkade korridorerna. Henne mod sjönk dock vid varje låst gallergrind de passerade. Utanför fönstret såg hon det höga staketet som pryddes av gula varningsskyltar vilka varnade för *High voltage*. Hela sjukhusområdet låg innanför höga elstaket. Att fly från det här stället skulle inte bli så lätt som hon först hade hoppats.

Den tredje pilen satt i samma spelkort som de andra två. Junior lutade sig bakåt i sadeln och Black satte sig på hasorna. Grus och småsten sprutade om ponnyns bakhovar.

– Det där var inte illa alls. Tusan vet om du inte skjuter

bättre från hästryggen än vad du gör när du står med
fötterna på marken.

Morfar log och verkade vara uppriktig när han synade
måltavlan. Avståndet hade varit femtio meter och det hade
nästan blivit oavgjort. Detta trots att Jan stått med tårna vid
markeringen och Junior i stället galopperat förbi i full fart.
Naturligtvis satt Jans pilar något tätare men han hade ju
som sagt stått stilla när han skjutit. Stämningen utanför
muren hade varit på topp tills Jan råkat nämna att Junior
snart vuxit ur sin häst. Han hade faktiskt rätt när han sa så,
Junior växte så det knakade och började helt enkelt bli för
stor för den trogna ponnyn. Till nästa år skulle han vara
tvungen att byta häst. Junior kände det som om något dog
inom honom varje gång byte av riddjur kom på tal. Han
älskade Black och det gick inte att ta miste på att ponnyn
besvarade hans känslor. Ändå hade Jan rätt, Junior höll helt
enkelt på att växa ur sin älskade ponny. Jan spände av sig
armskyddet och släppte på strängen till sin kraftfulla
långbåge. När han var klar sträckte han ut handen i en
uppmanande gest.

— Får jag prova ett skott med din lilla leksak?
Junior suckade åt kommentaren men visste att morfar bara
retades. Det var ju trots allt morfar som beställt bågen till
honom. Junior räckte efter en viss tvekan över det eleganta
vapnet tillsammans med en pil.

– Spänn tills tummens översta led ligger bakom kindbenet och strängen når till mungipan. Försök inte spänna den hela vägen till örat som du gör med din gamla trädstam.

Jan skrockade utan att svara, majoriteten av de färdigheter som Junior hade med pilbåge hade han fått lära sig av honom. Nog visste han hur han skulle använda vapnet. Det första som slog honom var hur vackra laminatstockens lager av horn och björkträ var. De tunna gethornslagren blänkte som pärlemor och det tidigare så ljusa björkfaneret var nu honungsfärgat av alla lager av fett som bågen smorts med under årens lopp. Det andra som slog honom var hur mycket han var tvungen att ta i för att spänna vapnet. Jan var känd för att ha en av de kraftigaste bågarna inom byrån men trots att det här var ett betydligt kortare vapen krävde det ändå att han tog i ordentligt. När han väl släppte strängen och lät pilen flyga blev han inte förvånad när han såg hur träffen tog. Vapnet var väl balanserat och eftersom det var en kort jaktbåge skulle det i teorin vara lättare att sikta med än en långbåge. Trots det satt pilen över en handsbredd från målet. Skillnaden mellan de båda vapnen var stor och för att bli en duktig skytt krävdes det helt enkelt att man övade med samma båge en längre tid.

Jan log och skakade på huvudet innan han lämnade tillbaka vapnet.

– Det här är inte en båge för mig. Men du har blivit riktigt
duktig. Du vet väl att det inte finns en enda beriden
trolljägare kvar inom byrån? När du väl är färdig kommer
du att återuppliva en gammal tradition som dog ut ungefär
samtidigt som jag blev trolljägare. Fortsätt att träna och du
kan komma att bli en av de bästa som någonsin burit vårt
märke.

Jan log och pekade på sitt trollkors som satt fäst på hans
ena axel.

Junior kände hur kinderna hettade och såg bort. Morfar
hade gett honom beröm. Han brukade bli jämförd med sin
berömda mor och hade alltid få veta hur långt efter han låg
i förhållande till henne. På skolan hade rektorn till och med
jämfört honom med morfar och det hade inte varit till
Juniors fördel. Nu hade morfar givit honom beröm. Morfar
var helt enkelt bäst. Om Junior någonsin skulle lyckas med
att bli jägare skulle han göra sitt bästa för att försöka bli
som morfar. Något han ännu inte visste var att han med
tiden skulle komma att bli lik sin morfar på mer än ett sätt.
I hans unga sinne grodde det en tjurskallighet som ännu
bara börjat att ta form.

Gryningen låg som ett vackert rödfärgat lapptäcke över
sjukhusets tak. Glesa moln lystes upp av den uppgående
solen och sken klart mot den fortfarande mörka himlen.
När Maggi väcktes av att någon drog henne ur sängen tjöt

hon förskräckt till. Ögonblicket senare låg hon på golvet och kravlade. Den plattnäste vakten (hon vägrade kalla honom skötare) flinade elakt när hon förvirrat och yrvaket kröp runt på det kalla kakelgolvet. Han tryckte till henne med foten och snörvlade upp en rejäl spottloska. Maggi lyckades komma upp på alla fyra lagom till att den slemmiga loskan landade mellan hennes händer. Saliv som stank av öl skvätte på hennes armar och hon ryggade instinktivt tillbaka. Den plattnästa skrockade belåtet innan han lade huvudet på sned och log ett falskt leende.

– Klä på dig och var klar om tre minuter. Vi ska ta en liten biltur innan vi tvingas skiljas åt. Överläkaren som skrev ut dig är förmodligen en nästan lika stor dåre som du. Han har beställt transport till den öppna avdelningen i Aberdeen. I ett ögonblick av extra stor dumhet bestämde han att du inte längre behöver min hjälp utan att du ska åka härifrån. Allt det här är naturligtvis bara tillfälligt och det vet du precis lika bra som jag. Du kommer snart att vara tillbaka här igen och jag kommer att vänta på dig. Vi kommer att vara nära varandra i många år du och jag. Du är helt enkelt för dum i huvudet för att inte skickas tillbaka hit.

Han lutade sig fram och drog ett finger under hennes haka samtidigt som han trutade med munnen. Hjärtat stannade nästan i Maggis bröst när hon trodde att han tänkte kyssa henne.

Psykiatriska kliniken i Edinburgh hade gjort bedömningen att Maggi varken var farlig för sig själv eller för sin omgivning. De hade beslutat att skicka tillbaka henne till Aberdeen för vård på den öppna avdelningen. Tyvärr var det hennes kladdande skötare som fått i uppgift att föra henne till Aberdeen. Äcklet hade gjort sitt bästa för att knäcka henne men hon hade tjurskalligt kämpat emot. Kanske var det därför han blivit alltmer hotfull. Maggi hade ganska snart insett att hennes envisa motstånd bara hade ökat på hans intensiva hat. Det verkade dessutom som att han nu såg det som sin uppgift att tvinga henne till att bli lite mer ödmjuk. Hon visade det inte utåt men Maggi var livrädd för den storvuxne mannen. Han var grov och bred och utstrålade ren och skär ondska. Sedan var det ju det där med hans kladdande på hennes kropp. Hon rös ofrivilligt till och bävade för att bli lämnad ensam med honom.

Maggi andades lättad ut när hon upptäckte att det var en person till som skulle följa med på resan. Föraren av klinikens skåpbil var en äldre man med ett bistert ansiktsuttryck och hårda ögon. En enda blick på honom sa henne dock att han inte skulle bli något problem. Hans runda kroppsform avslöjade att han inte skulle kunna springa någon längre sträcka. Då återstod bara äcklet som gjorde henne sällskap i skåpbilens låsta utrymme. Till en början gick resan bra och den surmulne vakten kunde inte göra mycket annat än att sitta och glo på henne. Maggi kunde inte låta bli att snäsa varje gång hon tvingades att svara på någon av hans nervärderande frågor. Hennes korthuggna och spydiga svar fick slutligen vårdarens humör att nå kokpunkten. Plattnäsan tystnade och vred ilsket sina händer, mer kunde han för tillfället inte göra. När de stannade för rast någon mil efter att de passerat Finavon lyfte han mer eller mindre ut henne ur bilen för att sedan trycka upp henne mot bilens sida. Den täta trafiken på A90 gjorde det svårt för honom att göra henne alltför illa men så fort han fick möjligheten petade han på henne med sin käpp. När hon ilsket slog undan den gav han henne ett hårt rapp över armarna. Han rörde sig förvånansvärt snabbt och grep henne i kragen innan han för andra gången tryckte upp henne mot bilen. De köttiga läpparna var bara någon centimeter från hennes ansikte och hon kände hur salivdroppar stänkte över kinderna. Det lät nästan som om han morrade när han öppnade munnen.

– Passa dig skitunge. Dårdoktorn kanske inte tycker att du är dum i huvudet men jag delar inte hans åsikt. Du är en aggressiv idiot som tror att du är bättre bara för att du tycker dig se saker. Vi som är friska kanske inte är lika

viktiga bara för att vi inte har förmågan att se det som du
påstår dig se? Jag kommer att hålla ögonen på dig och det
är bara en tidsfråga innan du gör bort dig igen. Då kommer
jag och hämtar dig. Du ska se att vi kommer att få det
riktigt roligt när du blir min permanenta gäst.
Han flinade, och på avstånd kunde det ha sett ut som om
han skämtade. Stod man så nära som Maggi tvingades göra
syntes dock den sinnessjuka glöden som brann i hans blick.
Trots att hon nu förstod att mannen var galen kunde hon
inte hålla tillbaka en besk kommentar.
   – Du är inte polis och kan inte göra mig någonting alls.
Rör du mig igen så svär jag på att du kommer att få ångra
det.
Maggi misstänkte att hon hade begått ett misstag när hon
lät orden slippa ut. Av den elaka vaktens reaktion att döma
så hade hon rätt. Först ryckte han till som om han fått en
snyting sedan tryckte han sitt ansikte mot hennes och väste:
   – Jag kan göra precis vad jag vill. Skulle jag vilja röra dig
så gör jag det. En sak kan jag dock lova dig, när jag gör det
så kommer det att göra ont. Skulle du däremot försöka slå
mig kommer jag att ta med dig tillbaka och göra en
anmälan om våldsamt beteende. Då kan inte ens idioten till
doktor släppa ut dig igen. Sedan är du fast hos mig för
alltid.
Han tog ett stadigt tag i hennes hår och drog hennes huvud

bakåt så att hennes blick tvingades möta hans. Han höll
kvar henne så i en lång stund innan han väsande fortsatte:

– Dårar som du ska inte befinna sig på våra gator. Du
bör, och kommer att vara inlåst för alltid när jag fått saker
och ting dit jag vill.

Maggi reagerade inte omedelbart utan väntade tills
plattnäsan hade släppt hennes hår och tagit ett steg tillbaka.
Hans hånfulla min fick henne att explodera av ren och
oförädlad vrede. Vårdarens min gick från hånfull triumf till
överraskad smärta med ett mycket kort ögonblick av
förvåning någonstans mitt emellan triumfen och smärtan.
Maggi hade på ren instinkt gjort det enda hon kunde för att
åtminstone tillfälligt sätta den storväxta busen ur spel.
Hennes högerfot var precis som den vänstra i storlek 36
och trots att det finns gott om större fötter i världen klarade
den mer än väl att täcka hela det känsliga området mellan
vårdarens ben. Plattnäsans ansiktsfärg skiftade som
hastigast mellan högrött och blekt grått innan han kvidande
vek sig som en origamisvan i regn. Föraren tog ett par
hastiga steg i ett fåfängt försök att stoppa henne. Maggi
hade inga som helst problem att undvika den överviktiga
mannen för att sedan på lätta fötter försvinna ut i det höga
gräset. Höglandet reste sig en mil framför henne och hon
tog sikte på topparna i fjärran. Även om höglandet var
inom räckhåll låg Door på andra sidan av det stora

naturreservatet och dit var det mer än tio mil. För Maggi spelade det ingen roll, hon sprang inte för att komma hem, hon sprang för sin frihet.

Väderprognosen över engelska kanalen och det skotska höglandet var inga bra nyheter för byrån. En lång tid av varmt väder skulle ersättas av en kallfront. När kallare luft lade sig över varm och fuktig mark skulle dimman komma som ett brev på posten. Lisa grymtade irriterat när hon stängde av teven.

– Sämsta tänkbara läge. Jag ska åka tillbaka till Mexiko om två dagar och kommer dimman att bli tätt hela vägen ner till bebyggda områden finns det en allvarlig risk att det som jagar i den kommer att följa med. Pappa, kan du och Joanne vara kvar ett par dagar

till? Det finns inte en chans att jag tänker låta Junior löpa fritt om hela jädrans höglandet får en vit filt över sig. De fördömda glastrollen kommer att dyka upp överallt. Ni fattar inte hur många det finns häruppe. Nej, Junior får allt stanna i stugan tills jag kommer hem.

Hon suckade och satte sig tungt i soffan. Jan log ett av sina sällsynta leenden och skakade roat på huvudet. Han fick något överseende i blicken när han vände sig mot sin dotter.

– Junior gav sig i väg för mer än en timme sedan. Han är

redan på väg mot Doormoor. När han hörde talas om att det kunde bli kraftig dimma packade han och gav sig av. Den gossen tar vårt arbete på stort allvar och gör sitt bästa för att vara sin mamma till lags. Jag tror att det är dags att du börjar ha lite förtroende för pojkens förmågor. Det är en bra grabb med en sund syn på de faror som lurar där ute.

Han nickade mot fönstret för att understryka vad han menade.

Lisas blick flackade oroligt mellan Jan och ytterdörren. Hon reste sig till hälften för att sedan försiktigt sätta sig igen. Med rak rygg satt hon och vred sina händer samtidigt som hon bet sig i underläppen. Det tog en god stund innan hon slutligen viskade:

— Jag är rädd pappa. Junior är inte redo för en lärlingsplats. Han behöver mer kunskap innan han kastas ut i vår våldsamma värld. Han är snart 14 år och har inte ens lyckats dräpa en hasselbackare. Till och med personalen på skolan säger att han inte är redo.

Jans ansikte hårdnade när han svarade:

— Pojken kommer aldrig att lära sig om han inte ges möjligheten att testa sina gränser. Låt honom vara så håller Joanne och jag oss i närheten. Dessutom har du fel vad gäller skolans personal. Både väktaren och Zion tycker att Junior ligger långt före de andra i sin årskull. Det är bara den förtorkade rektorn som inte begriper hur det ligger till.

Den gamla geten är lärare för att han inte duger till jägare och då tycker inte jag att hans åsikter väger särskilt tungt. Junior behöver få en chans att bevisa vad han kan. Du måste tillåta att han tar risker annars kommer han aldrig att blomma ut.

Lisa skakade sakta på huvudet och kved hjärtskärande innan hon svarade:

– Jag kanske kan skjuta på mexikoresan ett par dagar.

För att göra det hela om möjligt ännu rörigare slogs ytterdörren upp i precis det ögonblicket. En synnerligen kraftfull röst dundrande genom huset:

– Plutten, var är du? Jag har en annan sak till dig. Hallå? Zion hade ännu en gång kommit på ett av sina oanmälda och just denna gång, något olägliga besök.

20. Dimma i rörelse

Maggi snyftade ynkligt när hon klättrade vidare. Hon var klädd i en sommarklänning och hade bara ett par tunna sandaletter på fötterna. Bistert konstaterade hon att det inte var rätt klädsel för en bergsbestigning. Gång på gång halkade hennes fötter då skornas sulor inte lyckades få grepp på de fuktiga klipporna. Långt nedanför henne klättrade fortfarande den plattnästa vårdaren. Maggi sneglade över axeln och kunde snabbt konstatera att han än så länge inte kommit närmare. Så länge de klättrade hade hon en fördel över vårdaren. Han vägde minst tre gånger så mycket som hon. Det skulle bli svårare att hålla avståndet när de väl kom upp på höglandet. Då skulle hans vikt och längre ben göra det lättare för honom att springa genom buskar och snår. Bakom sig hörde hon honom ilsket ryta:

– Du kommer inte undan ditt lilla kryp. Stanna nu så blir det lättare för dig när jag släpar ner dig igen.

Hans ord kom stötvis och hon kunde med viss skadeglädje konstatera att klättringen var svår även för honom. Med förnyad energi klättrade hon vidare. Ju längre försprång hon kunde få innan höglandets plana mark, desto större chans hade hon att hinna undan.

Fundersamt såg han ut över stupet ner mot låglandet.

Doormoor låg lugnt och stilla och visade inte minsta tecken på att dimman var på väg. Inte heller nere på låglandet syntes några tecken på stundande oroligheter. På andra sidan av höglandet var dock situationen en helt annan. Från havet rullade en tjock, vit vägg in mot kusten. Det här var inte den tunna filt som heden normalt brukade täckas med utan en dimma som i värsta fall skulle klättra hela vägen upp till höglandet och bädda in hela området. Junior vände åter blicken mot heden för att sedan med stigande obehag åter stirra mot kusten. Om dimman lyckades klättra upp längs de taggiga och tvärbranta klippväggarna kunde det bli problem. Han bet sig fundersamt i underläppen samtidigt som hans blick flackade mellan Doormoor och den rullande dimman. Om den orkade upp skulle den rulla in över andra sidan av höglandet. Även om den delen inte hade en lika stor population av glastroll så skulle det kunna bli besvärligt. Försiktigt lyfte han Blacks huvud genom att samla tyglarna. Ponny skakade irriterat på huvudet då han för tillfället var fullt upptagen med att mumsa i sig av det frodiga gräset vid bäckens kant. Junior hade efter viss vånda tagit ett beslut. Den förbjudna heden vid Doormoor var för tillfället lugn och stillsam. Han styrde hästen ut mot höglandet och satte hälarna i Blacks sidor. Var det någonstans han skulle komma att behövas i natt så var det förmodligen där dimman drog in. I en vägvinnande men energisparande galopp satte de fart. Solen stod lågt och de hade åtta mil att rida innan natten föll.

Gordon Flix svor som en borstbindare när han återigen slant med handen. Den fördömda dårungen hade försvunnit över kanten samtidigt som han själv fått ett allvarligt problem. Han hade bara ett tjugotal meter kvar av den besvärliga klättringen men precis här hade det tagit stopp. Den galna jäntan hade varit tunn nog att komma igenom en smal bergsskreva men för honom var det omöjligt. Nu var han tvungen att klättra runt den jobbiga passagen för att ta sig upp lite längre bort. Gordon svor igen då han insåg att den förbaskade lilla hyndan skulle förlänga sitt försprång. Han log ett allt igenom elakt leende när han med sammanbiten min tog sig vidare. Skitungen skulle få betala för varenda sekund som han hade behövt lägga på att jaga henne. I tolv år hade han jobbat som skötare på sjukhuset i Edinburgh och under de åren hade han lärt sig att hata alla de dårar som kom till hans sjukhus. Det hade blivit lite av en sport att få doktorerna att spärra in så många av hans patienter som möjligt. Genom att knäcka dem psykiskt hade han lyckats att få en hel del av dem inspärrade på livstid. Gordon gillade makten han på så sätt fick över de spåndumma kräken. Han kunde i princip göra vad han ville med dem och ingen skulle någonsin tro på idioternas klagomål. Faktum var att han hade sett fram emot att få ha

den här rödhåriga lilla jäntan i sitt våld. En patient som
påstår sig se troll skulle ingen någonsin tro på. Hans
envishet i den pågående jakten hade dock inte bara med
hans hat mot dårar att göra. Den här vidriga lilla varelsen
hade sparkat honom där det gör som ondast och det skulle
hon inte komma undan med. Med en elak glimt i ögonen
fortsatte han efter sitt villebråd. När hans platta näsa lyftes
över kanten såg han den bortflyende lilla figuren direkt.
Mellan gröna kullar och smutsbruna klippor kilade hon
som en liten hamster. Enstaka stråk av tunn dimma letade
sig upp bredvid honom och han vände förvånat på huvudet
för att se vad det var som höll på att hända. Allt han såg var
en mjölkvit vägg. Gordon hävde sig grymtande upp och
kom upp på fötter. Han var tvungen att få tag på
flicksnärtan innan dimman gjorde jakten omöjlig. Ovetande
om att han sprang sitt ofrånkomliga öde tillmötes satte han
efter den ljusgula klänningen som fladdrade långt framför
honom.

Med ett bestämt nej hade Lisa avslutat diskussionen. Den
egensinnige smedsdvärgen hade envist hävdat att han och
ingen annan var rätt person att hitta Junior. Det var när de
kommit fram till inloppet till Doormoor utan att ha sett
minsta spår efter den försvunna pojken som Lisa i vanlig
ordning blivit orolig. Jan och Joanne hade fortsatt en kort

bit ut på heden men ganska snart återkommit med beskedet att han inte ridit åt det hållet. Nu stod de och velade, Lisa kunde inte se det på något annat sätt, de velade. Jan hävdade att Junior visste vad han gjorde och Zion höll med men hävdade samtidigt att Junior kunde behöva några av hans expertråd om han hamnade i knipa. Joanne lade sig inte i utan fortsatte oroligt att spana mot kusten. Den vita väggen hade börjat närma sig höglandets böljande landskap. Än så länge var den i andra änden av platån men drev den upp och täckte hela höglandet skulle odjuren som dväljdes ute på Doormoor kunna härja fritt. Det var först när hon råkade nämna detta som hon fick hela den hemska bilden klar för sig. Lisa hade vänt sig om för att se åt det håll Joanne pekade men också skakat på huvudet åt hennes fråga.

– Doormoor är en pesthärd med en enorm population av glastroll men de förbaskade odjuren finns över hela höglandet. De döljer sig i sjunkhålen om dagarna och sådana finns över hela höglandsplatån.

Joanne bleknade knappt märkbart och fick en spänd liten vinkel i mungipan.

– Menar du att Junior kan vara på väg mot dimman utan att förstå att odjuren kan finnas där borta också?

Det var Jan som svarade:

– Spåren visar att han har ridit mot öster. Enligt vad jag

kan se så har han gjort det i hög fart. Pojken är verkligen trolljägare i själ och hjärta. Han är på väg åt det hållet för att han vet att det är där som problemen kommer att uppstå. Han inser mycket väl att faran kommer att uppenbara sig vart än dimman tätnar här uppe. Ändå ser han det som sin plikt att ge sig ut i den.

Han såg ner i sin dotters oroliga ansikte och log.

– Du har fostrat en mycket modig ung man.

Lisa började gå utan att svara. Med bultande hjärta och darrande underläpp tog hon ett steg i taget ut mot den vidsträckta platån. Hennes lilla pojke hade gett sig in i den värsta av faror och det var hennes uppgift att få ut honom helskinnad. Zions upprörda protester tog hon inte ens på allvar.

Junior tog ner kikaren från ögonen och kliade sig i huvudet. Dimman hade nått kanten och började nu leta sig ut över platån. I fjärran tyckte han sig ha sett en stor sångsvan flaxande försvinna mellan kullarna och snett till höger om fågeln en person klädd i brunt. Svanen var en del av naturen och kände höglandets faror så den skulle nog klara sig men personen i brunt kunde mycket väl hamna i knipa. Med en djupt oroad min tryckte han till med hälarna och satte fart på Black. Han var tvungen att hinna fram till vandraren innan dimman tjocknade och odjuren började jaga. Beslutsamt satte han hjälmen på huvudet och spände remmen under hakan. Det skulle komma att bli en mycket lång natt uppe på det skotska höglandet.

Edvin hade svårt att hinna med. Han hade slagit läger halvvägs till Doormoor och då det funnits gott om ripa i området hade han dröjt sig kvar. I flera dagar hade han levt på vad marken kunnat erbjuda. När den höga dimväggen kommit rullande från havet hade han skuttat upp på en hög höjd för att kunna följa dess framfart. Det var i det läget som han hade upptäckt henne. I samma ögonblick som han sett den fladdrande klänningen hade han förstått vem det var. Maggi var tillbaka uppe på heden och verkade ännu en gång ha ställt till det för sig. Vad han däremot inte förstod var varför hon kommit upp åtta mil från Door. Vad han förstått hade hon återvänt hem då hon gett sig i väg men nu befann hon sig plötsligt på andra sidan av den enorma platån. Visst hade det gått några dagar sedan de senast sågs men det förklarade ändå inte varför hon dök upp på en helt annan del av höglandet. Nyfikenheten hade tagit överhand och han hade satt efter henne för att förhöra sig om vad som hänt. Hade Edvin stått kvar i några minuter till hade han hunnit se den man som med stor beslutsamhet jagade henne.

Snåriga buskar och taggigt ris lämnade röda rivmärken på

Maggis ben när hon rusade fram. En låg svordom lämnade
hennes läppar efter att hon hastigt sneglat över axeln. Hon
var helt slut men fortsatte ändå att springa samtidigt som
hon spanade efter sin plågoande. Plattnäsan hade kommit
närmare och framför henne låg bara ännu mer av det mjukt
böljande landskapet. Det fanns helt enkelt inget annat hon
kunde göra än att fortsätta springa. Buskarna piskade
hennes bara ben och stenskärvor skar genom skornas tunna
sulor. Plötsligt fastnade hon med ena foten och föll pladask.
Hennes hår trasslade in sig i det snåriga riset och hon skrek
av frustration när hon insåg att tiden höll på att rinna ut.
Med skrämd min vände hon sig om för att se om plattnäsan
knappat in på henne. Till hennes förvåning syntes han inte
längre till. I stället gled något mycket mera skrämmande
fram över grässlätten. En vägg av dimma rörde sig ljudlöst
åt hennes håll. Maggi såg först åt höger för att sedan snabbt
se åt andra hållet. Hon hade sett dimma som den här förut.
Det var en kompakt vit vägg av en sort som sjömän
brukade kalla för dimbank. Instinktivt visste hon att inom
några minuter skulle sikten vara begränsad till några meter.
En dimbank kunde vara fruktansvärt kompakt. Med
förnyad energi drog hon sig loss och började återigen att
springa. Nu hade hon en galen vårdare bakom sig och en
dimma som vällde upp runt henne som en enorm ångvält.
Hon skulle nu enkelt kunna gömma sig för sin förföljare

men plattnäsan kändes inte längre som hennes största hot. Hon visste mycket väl vad dimman uppe på höglandet kunde innehålla och hennes mod sjönk för varje steg.

21. Rörelser i dimman

Hon kved ynkligt, vilket hon inte hade gjort på 15 år, när hon insåg att de tappat bort honom. Lisa var utom sig av oro men kunde bara se på när den mjölkvita soppan kom drivande över heden. Den hade dragit in från havet och nu var mer än halva höglandet inbäddat i en bomullsliknande tjocka. Någonstans inne i den eländiga dimman befann sig Junior och hon kunde inte göra något annat än att hoppas. Det var en tidskrävande uppgift att spåra även om Blacks hovar hade lämnat tydliga avtryck i gräset. Nu var dimman dessutom så tät att Jan hade fått böja sig för att kunna se spåren. Man såg som bäst tio till tolv meter framför sig och inte verkade det bli bättre längre fram. Det här var ett fenomen som ibland uppstod uppe på höglandet. Då kraftiga dimbankar drev in från havet trycktes de ihop och tätnade rejält när de klättrade uppåt längs branterna. När dimman väl sipprade ut över höglandets gräsvidder kunde den vara otroligt tjock. Lisa insåg med en rysning att hennes oerfarna lille son mycket väl skulle kunna råka illa ut om han kom i vägen för ett glastroll.

– Han har aldrig fått lära sig hur han ska bära sig åt om han tvingas slåss mot ett troll, gnydde hon med gränslös oro i rösten.

Joanne lade en hand på hennes axel som för att trösta men Lisa märkte den inte ens. Hennes vackra rustning glänste på ett magiskt sätt nu när de pärlemorfärgade plattorna täckts av hundratusentals små daggdroppar. Då hon var klädd i huvudsak i vitt såg hon ut som en blänkande liten stjärna utan några egentliga konturer. De andras svarta rustningar syntes dock tydligt även på ett tiotal meters håll. Det som skrämde Lisa var att hon visste hur lätt ett glastroll skulle kunna gömma sig när sikten var så usel som nu. Både Black och Junior skulle synas genom dimman men glastrollen var skapade för att smälta in i dimmans vita slöjor.

Jan pekade med hela handen när han visade riktningen.
– Här har han svängt. Någonting har dessutom fått honom att öka farten. Innan han vek av mot öster rörde de sig i skritt men härifrån har han galopperat.
Lisa snyftade till och såg på sin far med vädjan i blicken. Hon höll andan i väntan på att han skulle säga att något följt efter ponnyn. När Jan inte sa något mer drog hon ett skälvande andetag. Så länge trollen inte jagade ponnyn skulle Junior vara säker. Hon var skräckslagen för vad som väntade honom. Nervöst trampande på stället höll hon krampaktigt i pilbågen som om den på något sätt skulle kunna hjälpa henne. Hon tog ett hastigt steg mot Jan för att

se spåren.

– Jag ser inga fördjupningar efter trollfötter. Ser du några?

Jan spanade snabbt av marken men skakade sedan på huvudet.

– Nej, jag tror han har stannat på den här kullen och spejat innan dimman dolde hela slättlandet. Vad det än var som satte fart på honom så måste det ha varit någonting som han såg. Härifrån har det gått undan och då blir spåren lättare att följa. Så länge han håller det här tempot kan vi springa utan att tappa bort hästens spår.

Utan att vänta satte han av i den för trolljägare så klassiska löpstilen som gjorde att de klarade av att springa i timmar. Det var bara den kortbente Zion som grymtade då han ganska snabbt hamnade på efterkälken. Det var nog tur att han kvickt kom utom hörhåll då de ord som lämnade den bredaxlade dvärgens mun inte var av den rumsrena sorten. Dessutom hade den kortväxta token släpat med sig ett drakspjut som han nu höll rakt upp i luften. I dimmans förvillande töcken såg han nästan ut som en vandrande walkie-talkie.

Maggi rusade blint genom torrt fjolårsgräs och grunda vattensamlingar. Den ljusgula klänningen smälte samman med dimman och gjorde henne i det närmaste osynlig. Vid en stor sten stannade hon och lyssnade. Någonstans till höger om sig hörde hon springande steg. Tyst sjönk hon ner i det snåriga gräset och kröp ihop. Panikslaget tryckte hon ryggen mot stenblockets släta och lätt sluttande vägg. Ljudet avtog när plattnäsan fortsatte utan att sänka farten. Hon andades lättad ut när hon förstod att han hade tappat bort henne. Utan att vänta reste hon sig och spanade försiktigt förbi stenens skrovliga kant. I ett fåfängt försök att se vart han tagit vägen tog hon ett par steg ut ur skuggan. Hon stannade när hon kunde konstatera att hon inte såg ett smack. Hennes lättnad dämpades dock något när hon kom på att plattnäsan nu befann sig mellan henne och den hjälte som hon hade hoppats att finna. Med en djup suck tog hon ett par trevande steg innan hon insåg att hon inte längre visste åt vilket håll hon skulle gå. Tvekande och för första gången lite rädd för vad dimman kunde dölja backade hon tillbaka in mot stenen. Med förnyade krafter började hon i stället att klättra. Dimman var tjock och alla förhoppningar om att hon skulle komma upp över den grusades när hon slutligen stod uppe på det enorma stenblockets topp. Dimman var lika tät uppe på stenen som den hade varit nere vid marken. När hotet från plattnäsan var borta tog en ny fruktan nu tag i henne. Fruktan för att någon av de genomskinliga varelserna skulle hitta hennes gömställe. Det var en känsla som fick henne att rysa av

återhållen skräck. Hon satte sig så nära mitten som hon
kunde och kurade sedan ihop sig till en liten solgul boll.
Ofrivilliga tårar rann nerför hennes kinder och hon skakade
av både kyla och skräck. Plötsligt var den äckliga
plattnäsan inte det värsta som dimman dolde. Hon hade
slutligen kommit på vart hon befann sig och mindes vad
som gömde sig här uppe. Maggis hjärta stannade nästan när
en skugga gled förbi nedanför stenen. I den obefintliga
sikten var det omöjligt att se vad det var men hennes kropp
började skaka ännu mer och hoppet om att komma levande
från höglandet falnade snabbt.

Jan höll upp en hand och stannade. Lisa och Joanne såg
frågande på varandra innan de gemensamt vända sig mot
honom. De sa ingenting men en fråga stod tydligt skriven i
deras ansikten. Utan att ens snegla på dem förstod Jan och
började förklara:
   – Dimman tätnar och det är i det närmaste helt vindstilla.
Snart kommer dimman att sjunka ner mot marken och
lägga sig. Om vi klättrar upp på en sten så kanske vi kan se
honom när han rider över en höjd. En ryttare borde sticka
upp över dimman när han rider över en ås.
Lisa såg med viss tvekan på honom.
   – Befinner han sig långt bort kommer vi att tappa bort
honom så fort vi kliver ner i dimman igen. Dessutom borde

vi ta det lite försiktigt nu när odjuren börjat krypa ut ur sina hålor. Även om de ännu inte gjort sin närvaro känd så kan vi nog anta att de finns därute.

Jan nickade men flinade sedan innan han gjorde en svepande rörelse som innefattade dem alla.

– Det ska till ett galet troll om det är dumt nog att ge sig på tre trolljägare.

Ett kraftfullt skramlande närmade sig hastigt utifrån heden. De vände sig om och såg en ivrigt viftande stång som skar genom dimman. Joanne log ett varmt leende och kunde sedan inte låta bli att skratta. Sedan nickade hon i riktning mot spjutet.

– Oss kanske ett troll skulle våga sig på men den där superjägaren skulle nog bli en lite för hård nöt att knäcka. Zion dundrade rakt in i gruppen utan att för ett ögonblick sakta av på farten. Med hjälmen på sned och den något för långa rocken vilt fladdrande runt benen vräkte han sig runt och hötte med spjutet rakt ut i dimman. Sammanbitet morrade han väsande:

– Det finns ondska i den här tjockan. Bara så ni vet, elaka väsen har börjat röra på sig. Håll er nära mig så ska jag se till att inget ont händer er.

De tre trolljägarna såg först förvånat på Zion innan de i uppgivet samförstånd gemensamt ryckte på axlarna. Naturligtvis rörde sig ondskan över höglandet nu när

dimman låg tät. Det gjorde den alltid. Det skulle givetvis
bli extra farligt nu när ett vitt täcke låg som en blöt filt över
hela heden. Doormoors trolltäta marker hade förmodligen
redan börjat spy ur sig massor av odjur. För tillfället var det
ju ingen som bevakade dess trånga mynning. Inom en
timme skulle de vara tvungna att söka sig mot högre
marker och skydda varandras ryggar. Huruvida den lilla
smedsdvärgen skulle kunna skydda dem eller inte var av
mindre betydelse. De tre trolljägarna hade redan bestämt att
stoppa in honom i mitten av sin försvarsring om några troll
skulle dyka upp. Zion var trots sin egen övertygelse
förmodligen mer farlig för sina vänner än för eventuella
troll.

Fortfarande blek av oro såg Lisa upp mot Jan när hon
vädrade sina åsikter.
– Vi måste hitta Junior innan markerna översvämmas av
glastroll. Han kommer inte att klara sig om det här området
drabbas av horden som nu väller ut från Doormoor.
Jan vände sig inte om utan fortsatte med sina försökt att
komma upp på en stor sten. Han ville högre upp för att
kunna se över dimman.
– Det är ingen större skillnad på glastroll och andra troll.
De jagar i första hand med hörseln. Junior är smart och vet
detta. Han kommer inte ge ifrån sig några onödiga ljud. Har

han bara is i magen och håller hästen lugn kommer odjuren inte att hitta honom.

Lisa skakade intensivt på huvudet med fruktan lysande ur ögonen.

– Jag är inte så säker på att han vet det. Tänk om han börjar fara runt och ropa för att bli hittad. Jag borde ha förbjudit honom att lämna gården. Då hade vi inte varit i den här situationen.

Den här gången vände sig faktiskt Jan om och synade henne strängt innan han svarade:

– Nu tror jag att det är dags att du skärper till dig. Grabben är betydligt smartare än vad du tror. Han vet att han ska vara tyst när dimman drar in.

Joanne lade ännu en gång en hand på Lisas arm för att erbjuda tröst och stöd. Hon förstod inte riktigt vilka kval Lisa gick igenom då hon ännu inte hade några egna barn. Med lite tur skulle hon dock på sikt komma att förstå. Joanne bar nämligen på en liten hemlighet som hon ännu inte hade berättat för någon.

Black rörde sig som en mörk demon inne i tjockan utan att minsta ljud hördes. Den kloka ponnyn var uppfödd på de mongoliska slätterna där spetstandstroll ständigt lurade i skuggorna. Han visste att minsta ljud kunde avslöja dem och han rörde sig därefter. Varje gång de kom upp på en höjd ställde sig Junior i stigbyglarna och spanade efter den undflyende figuren. Mannen verkade ha bråttom och for fram som en liten iller över landskapet. Varje gång Junior lyckades få syn på honom följdes han av ett böljande spår i dimman. Det var som om dimman pekade ut åt vilket håll mannen var på väg. Även om Black höll en vägvinnande trav hade mannen fortfarande ett stort försprång. Senaste gången han hade dykt upp över dimtäcket hade Junior åtminstone hunnit ta ut riktningen. Nu satte han hälarna i Blacks sidor och ökade till kort galopp. Han styrde hästen med knäna samtidigt som han med vana händer knäppte hjälmens hakrem. Han visste inte vart mannen var på väg men nu när dimman lagt sig över heden kunde vad som helst hända. Junior tvekade ett ögonblick innan han med bestämda rörelser stängde ansiktsskyddet och spände för det löst hängande läderskyddet. Skulle skiten träffa fläkten tänkte han i alla fall vara beredd. Black fortsatte i samlad galopp när Junior satte pilbågens ena ände i stigbygeln och tryckte ihop den för att sedan lägga strängen på plats. När han var klar lät han hästen sträcka ut och ökade farten. Som en svart dödsängel galopperade han fram genom dimman med bågen i handen. Rockens långa benskydd hängde och fladdrande utmed hästens sidor. Den fula hjälmen gav honom ett vuxet och på det hela taget ganska grymt utseende.

Den första föraningen om att hon hade fått problem var en vag doft av ruttnande kött. Maggi kände igen stanken och tryckte sig darrande mot stenens skrovliga topp i en fåfäng förhoppningen om att hon inte skulle bli upptäckt. När virveln uppenbarade sig i dimmans täta matta styrde den dock rakt mot hennes upphöjda gömställe. Livrädd och utan möjlighet att komma undan stirrade hon hjälplöst ner i tjockan för att försöka se odjuret. När hon väl tyckte sig se besten kunde hon inte längre vara tyst. Ett hysteriskt skrik ekade ut över heden.

Gordon Flix vände sig om när det första gälla skriket nådde hans öron. Det var den fördömda jäntan som skrikit och hon befann sig uppenbarligen bakom honom. Morrande log han ett ondskefullt leende och muttrade för sig själv:

– Nu har jag dig ditt lilla kräk.

Gordon hade från början bara tänkt dänga till flickungen ett par gånger för att lära henne en läxa. Naturligtvis hade hans avsikt också varit att se till att hon aldrig mer kom ut i det fria igen. Nu, efter hennes elaka spark och flera timmars jagande hade han tänkt om. Det var uppenbart att den här flickan var galen på riktigt och dessutom farlig. Om hon var så här obehaglig som barn, tänk hur hon skulle bli som vuxen. Gordon hade beslutat sig för att Maggi inte skulle få lämna höglandet. Faktum var att när han fick tag i henne skulle han se till att hon aldrig mer skulle kunna störa ordningen igen. Det fanns gott om slukhål här uppe. En kropp kunde lätt gömmas på höglandet och ingen skulle någonsin kunna hitta den. Med ett elakt leende fortfarande lekande i mungiporna började han röra sig mot skriken. En egendomlig stank svepte som hastigast förbi för att sedan lika plötsligt försvinna. Han rynkade sin tillplattade näsa och försökte känna varifrån den obehagliga lukten kom. En skugga rörde sig i dimman bredvid honom och Gordon tvekade inte. Han dök mot skuggan samtidigt som han triumferande utropade:

– Nu kommer du inte und...

Han tystnade tvärt och det elaka leende byttes snabbt mot en fruktansvärd grimas.

En kladdig jättehand slöt sig om hans ena ben och han lyftes sprattlande upp från marken. Några sekunder senare insåg han att flickan som han hade tänkt att ha ihjäl för att hon var en lallande dåre faktiskt hade talat sanning. Gordon Flix var nämligen på väg att dö i magen på ett troll och precis som alla andra trygga insåg han först i det ögonblicket hur verkligheten faktiskt ser ut. För Gordon var det dock så oturligt att det inte fanns någon i närheten som kunde rädda honom. Hans ondsinta plan om att döda Maggi hade fallerat å det grövsta. Hon hade nämligen fortfarande en chans att klara sig. För honom var det dock annorlunda. Han var nämligen redan ute ur bilden, på väg att upplösas i ett glastrolls till hälften genomskinliga buk.

22. Odjurens tid

Maggi grät med tårarna strömmade nerför hennes kinder
och snoret bubblade under näsan. Den här gången hade hon
inte valt att ge sig upp på höglandet av egen fri vilja.
Hennes vilda flykt från den vedervärdige vårdaren hade lett
henne hit. På något sätt hade hon automatiskt sprungit mot
höglandet i hopp om att ännu en gång bli räddad av sin
mystiska hjälte. En märklig känsla av att det bara var
häruppe som hon hade en chans att hitta lite trygghet hade
drivit henne till den här platsen. Hem kunde hon inte bege
sig då fadern upprepade gånger hade angivit henne för
polisen. Visst hade han påstått att det bara varit för att hon
skulle få den vård hon behövde men hon kunde inte längre
lita på honom. Kanske ville han bara väl och pappa kunde
ju inte ha vetat att hon skulle hamna i den elaka plattnäsans
vård. Det kändes ändå tungt att veta att han förmodligen
skulle ha gjort samma sak en gång till om hon sprungit hem
utan att ha blivit friskförklarad. Nu satt hon övergiven och
rädd uppe på ett stort klippblock omgiven av dimma som
hon visste innehöll livsfarliga odjur. Dessutom fanns
plattnäsan där ute någonstans och han letade också efter
henne. Hon satte sig på knä och krampade i tyst gråt

samtidigt som hon intensivt hoppade att odjuren inte skulle hitta henne. Den vidrige vårdaren var trots allt ett mindre bekymmer än de till hälften genomskinliga monstren. När en hand oväntat sträcktes upp ur dimman och tog tag i klippkanten skrek hon och kastade sig bakåt. Det skrovliga stenblockets plana topp var uppenbarligen inte tillräckligt stor för en sådan rörelse. Det förtvivlade skriket övergick till ett förvånat utrop när Maggi tumlade baklänges och försvann ner i dimmans täckande filt. Förtvivlat kravlade hon sig in under stenblockets skugga och tryckte ryggen mot dess kalla vägg.

Hennes snyftningar tystnade och ögonen vidgades i vild skräck när en skugglik varelse började sig mot henne. I motljuset genom dimman såg varelsen groteskt stor och farlig ut. Maggi kröp ihop och blundade hårt. Den vidrige vakten måste ha hört hennes rop och nu hade han hittat henne. Trots att hon förstod att hon skulle få problem kände hon ändå en viss lättnad över att inte längre vara ensam. En knarrig och välbekant röst hördes plötsligt ur dimman och väckte henne ur hennes apati.

– Rop och skrik är glastrollens matklocka. Du måste vara tyst om vi ska klara oss ur det här.

Maggi kunde inte låta bli att ropa den gamle mannens namn när hon äntligen förstod vem det var:

– Edvin! Du är här.

Med ett skutt for hon upp och kastade sig i gubbens famn. Den kraftfulla odören av otvättade kläder och avskräde kittlade hennes näsa men det var en stank som betydde trygghet och Maggi märkte den knappt. Edvin tog ett stapplade steg bakåt och såg både överraskad och lätt generad ut. Han hade upptäckt henne innan dimman kommit in över höglandet men sedan tappat bort henne när sikten i det närmaste försvann. När hon sedan börjat snyfta och kvida hade hans öron uppfattat de kvävda ljuden och guidat honom genom tjockan. Vad han inte räknat med var hennes reaktion när han skulle klättra upp. Hennes panikslagna skrik hade nästan skrämt slag på honom. Nu när hon hängde som ett halsband runt hans hals hade han en helt annan känsla i kroppen. Edvin Swensson var inte längre van vid att en ung flicka kastade sig i hans famn. För ett ögonblick tänkte han leende tillbaka till den tiden då han alltid hade kunnat förvänta sig att en liten flicka skulle omfamna honom. Han blinkade hastigt bort tårarna som uppenbarade sig när tankarna snuddade vid Joanne. En enorm sorg fanns inetsad i hans själ när det gällde hans barnbarn. De försök han gjort för att finna henne hade mynnat ut i intet. Hon var inte längre anställd inom amerikanska militären och hade tydligen försvunnit under sitt sista uppdrag. Även om han medvetet lurat henne att tro att han dött hade det trots allt bara varit för att skydda henne från lånehajarna. Det hade inte varit några trevliga typer som han varit skyldig pengar. Det var när han flera år senare hade försökte att hitta henne igen som han till sin fasa upptäckt att hon inte längre gick att finna. Edvins liv hade rasat samman och han hade helt enkelt inte brytt sig längre. Gränden i Aberdeen med utsikt över höglandet och hans gamla jaktmarker hade varit en lämplig plats för hans tragiska livs slutskede. Edvin visste att hans hjärta var på väg att ge upp och att hans dagar var räknade. Den flicka som nu hängde och snyftade runt hans hals hade dock gett honom ett sista hopp. Han skulle försöka hjälpa henne så gott han kunde de få dagar han hade kvar. Kanske skulle ett sista lyckat uppdrag ge honom den tröst han behövde för att kunna avsluta sitt liv med en viss värdighet. Med försiktiga händer lösgjorde han sig från flickans omfamning och log ett tandlöst leende:

– Se så flicka, klättra upp igen. Vi behöver komma upp från marken innan bestarna från Doormoor hinner hit.

Junior hade tappat bort den undflyende figuren när dimman tätnade. Nu red han i tyst skritt och höll en pil på bågen samtidigt som han ivrigt spanade åt alla håll. Väl uppe på en låg ås stannade han och lyssnade. Han hade alltid haft en föraning om rörelser i dimman men nu kände han ingenting. Det var när Black plötsligt spetsade öronen och

stirrade ut i tjockan som han insåg att det var hjälmen som
hindrade hans sinnen. Förvisso älskade han den, enligt
honom själv, ståtliga huvudbonaden men han behövde höra
och känna. Med flinka fingrar knäppte han av sig den
gräsliga pjäsen och fäste den bakom sadeln. Hans
mörkbruna, och alldeles för långa hår fladdrade i den lätta
vinden och irriterade honom. Vant drog han det bakåt och
fäste det i en hästsvans. När han sedan lyfte ansiktet mot
den lätta vinden blundade han och lät andra sinnen ta över.
Den fuktiga dimman genomfors av mikroskopiska
vibrationen som fortplantade sig åt alla håll. Juniors fjuniga
kinder var känsliga och om han bara koncentrerade sig
kunde han känna dem. Blundande byggde han långsamt
upp en bild av var i den mjölkvita soppan saker och ting
rörde sig. Rakt framför dem var det någonting som rörde
sig med långsamma rörelser och att döma av dess avtryck i
den fuktiga luften måste det vara stort. Junior insåg att ett
av de monstruösa glastrollen fanns i den riktningen. Det
som störde honom var att han kände av fler andra rörelser.
Oroligt vända han ansiktet åt andra hållet vilket ganska
snart avslöjade att det fanns ännu fler varelser som rörde
sig bakom dem. Junior uppfattade rörelserna men det var
mer som en vag känsla och han kunde inte känna av hur
många odjur det handlade om. Han spände bågen till
hälften och manade Black framåt. Långsamt och ytterst

vaksamt rörde de sig längs åsen när han oväntat kände av rörelser precis bredvid sig. Känslan av försiktiga rörelser nedanför åsen drog för ett ögonblick hans fokus från det odjur som fanns någonstans framför hästens näsa. Junior vred sig tyst i sadeln och riktade bågen mot det nya hotet. När Black plötsligt kastade sig åt sidan för att sedan resa sig på bakbenen höll Junior på att ramla av. Ett illaluktande glastroll hade kastat sig fram ur dimman och försökte få tag om hästens hals. Black svarade i sin tur med att hugga efter de enorma labbarna. När ponnyn stegrade sig använde han dessutom sina framben för att vilt slå mot det uppdykande hotet. Junior klamrade sig fast för glatta livet innan han återfann balansen. Med bister min vräkte han runt bågen innan han snabbt spände upp vapnet och lät pilen gå. Den outsägligt fula besten drog ihop sig med ett vått smaskande ljud och kadavret rullade långsamt av åsen. Junior satte hälarna i Blacks sidor och lät hästen storma ut i dimman för att försöka hitta en plats där det var lite lättare att försvara sig. Han visste mycket väl att den väldiga horden av glastroll som fanns ute på Doormoor inte kunde ha hunnit hit än. Problemet var att när de väl vågade sig så här långt ut på höglandet skulle hans pilar inte räcka till för att skydda honom och hästen. De skulle helt enkelt var för många. Han behövde hitta en höjd så att han kunde se över dimman. Helst en höjd där ena sidan vette in mot en klippvägg. Strax innan hästen satte fart tyckte sig Junior höra knarret från en gammal och misskött båge spännas men det kunde inte stämma. Ingen i hans familj skulle någonsin behandla en båge så illa att den knarrade när man spände den. Han släppte tankarna på det egendomliga ljudet och ökade farten.

Det var tre personer som stirrade ut över dimmans täckande filt. Den fjärde i gruppen nådde helt enkelt inte upp trots att de allesammans stod uppe på samma klippa.

– Vad ser ni? Finns det ett troll i närheten kan ni peka ut det åt mig. Här behövs hjältemod och starka armar. Ge mig ett troll att dräpa innan jag förgås av blodtörst.

Zion som helt enkelt var för kort för att se över dimman hoppade och skuttade bredvid Jan samtidigt som han hotfullt stötte med sitt spjut åt alla håll. Jan hade till sin oförställda förvåning upptäckt att den lille smedsdvärgen hade tagit lärdom av tidigare händelser. Han höll förvisso fortfarande i ett uråldrigt drakspjut men mitt i den blanka metallspetsen satt det faktiskt en liten sotad ekkvist. Jan kunde inte låta bli att le. Zion hade i mer än 20 år envist hävdat att han med hjälp av ett drakspjut och en god portion mannamod dräpt en kaspisk bergätare. Det lilla problemet med hans historia var dock att hans spjut hade saknat den lilla sotade kvisten och då fungerade det inte att döda ett troll med det. Jan visste mycket väl hur det egentligen gått till den där obehagliga dagen inne i Andalusiens mörka berg. Det var ju trots allt han själv som skjutit trollet med en för ändamålet förberedd pil. Den fula bergsätaren hade naturligtvis dött och dragit ihop sig till en stenliknande boll. Att Zion vid samma tillfälle stått på andra sida trollet och stuckit det med sitt spjut hade Jan just då inte haft en aning om. Han hade dock aldrig rättat smedsdvärgen när denne berättade om sitt hjältedåd då han fann historien roande. Dessutom hade Zion under årens lopp "förbättrat" berättelsen så att den nu fick honom att framstå som den modigaste man som någonsin ställts öga mot öga med ett troll.

Jan hade dock vid ett par tillfällen diskret påpekat det märkliga i att trollet dött så hastigt trots att Zions spjut inte varit utrustat med en ekkvist. Nu hade tydligen den "stora" hjälten åtgärdat den lilla detaljen. Jan misstänkte att vid nästa tillfälle när historien berättades skulle Zion hämta sitt spjut för att visa upp vapnet som dräpte odjuret.

Det var Joanne som avbröt Zions ivriga hojtande när hon med en orolig rynka mellan ögonen sa:

– Om vi inte ser honom snart kommer vi inte att hinna i fatt innan Doormoors troll översvämmar den här delen av heden. Dimman har nått inloppet och nu kommer de snart att jaga över hela höglandet.

Joanne stod vänd mot norr och hennes ansikte hade något spänt över sig när hon pekade mot bergssidan där dimman nu rullade in. Lisa följde hennes blick och skakade dystert på huvudet.

– Vi får verkligen hoppas att dimman inte rinner över kanten och når ner till byn. Nu har vi ingen som vaktar stigen.

Trots att hela Doors samlade befolkning på 72 personer riskerade att sluta som föda åt glastrollen fortsatte hon med:

– Nu måste vi sätta fart. Håll er inom synhåll och var tysta.

Den sista kommentaren riktade hon till Zion utan att bry sig om smedsdvärgens upprörda protester. När han väl insåg att hon inte tänkte svara följde han dock hennes order. Gruppen fortsatte sedan under tystnad i Juniors spår.

23. Hjältars död

– Håll dig bakom mig och försök att inte ramla ner. Du skulle inte överleva många sekunder där nere.

Edvins knarrande röst var dämpad och fokuserad när han sökte med blicken efter ett nytt mål inne i dimman. Maggi darrade i hela kroppen och andades med korta ytliga andetag. Hon var i det närmaste paralyserad av skräck då deras lilla topp precis stack upp över dimman samtidigt som det dansade virvlande cirklar runt dem vart hon än såg. Det hade nästan varit lättare innan dimman tryckts ihop. Då hade hon åtminstone inte behövt se hur illa de låg till. Hade inte den illaluktande gamla trolljägaren funnits vid hennes sida hade hon för länge sedan hoppat ner och sprungit. Naturligtvis skulle en sådan handling ha inneburit en snar och säker död i magen på ett troll men ingen människa kan anklagas för att tänka klart när den drabbats av panik. En enorm och synnerligen slemmig hand sköt plötsligt upp ur dimman och trevade längs stenblockets kant. Maggi stirrade med vidöppna ögon på det blöta avtrycket och försökte förstå hur en varelse kunde ha en så stor hand. Avtrycket på granitens skrovliga yta var större än hela hennes överkropp. Edvin grymtade bara och drog bågsträngen till örat innan han lät pilen gå. Den for rakt in i

den närmaste virvelns mitt och försvann. Ett vått
smackande avslöjade att ett ännu troll mött sitt öde. Den
tidigare så vilt dansande virveln dog ut och för en liten
stund lade sig dimman som en mjuk matta över kadavret.
När Maggi slutligen lyckades slita sig från synen och lyfta
blicken insåg hon att det inte spelade någon större roll om
Edvin träffade. Vart hon än såg dansade dimman i
egendomliga mönster; Herre Gud, det måste vara
hundratals odjur där ute. Hon hade förvisso rätt i att det var
många odjur som letade efter deras gömställe men hon
hade inte riktigt rätt när det gällde antalet. I just det
ögonblicket rörde sig 22 troll av varierande storlek i
klippans direkta närhet. Nu spelade faktiskt inte det exakta
antalet någon större roll då Edvin bara hade sex pilar kvar i
sitt koger. Hur man än räknar så är det betydligt färre än
22. Även om alla hans pilar skulle träffa sina mål skulle det
fortfarande finnas för många hungriga bestar kvar ute i
dimman. När ännu en blöt jättehand sträckte sig upp över
klippkanten drog den gamle mannen återigen strängen till
örat och släppte. Ytterligare ett troll drog ihop sig i
rosslande dödsryckningar. Edvin log belåtet och såg sig om
för att möta Maggis blick. Den gamle jägarens belåtna
leendet övergick i en illavarslande grimas innan han tog ett
par stapplande steg mot henne. Han bleknade märkbart och
stönade andfått samtidigt som han tog sig för bröstet.

Gamlingen såg på henne som om han hade velat be om ursäkt innan han orkeslöst sjönk ner på knä. Stödd på bågen försökte han ta sig upp på fötter igen men kom bara halvvägs innan han slutligen tumlade omkull och blev liggande. Först förstod inte Maggi vad det var som hände, Edvin kunde inte bli sjuk nu när hon behövde honom som mest. Hon hade fått det intrycket att han nästan var odödlig och att se honom blek och i det närmaste livlös skrämde henne från vettet. Nu låg han på klippans topp och drog lätta, flyktiga andetag samtidigt som trollen kom allt närmare. Under den smutsiga ytan hade hans hud blivit vit som ett oskrivet pappersark. Det paniska tårflödet som i timmar blött Maggis kinder forsade nu med ny frenesi. Hon dök som en jagande rovfågel mot den gamle trolljägaren och gnydde olyckligt:

– Vad gör du? Det finns flera odjur där ute, du måste resa dig. Snälla, snälla, res dig.

Det var först när hon satt bredvid honom som sanningen uppenbarade sig i all sin ohygglighet. Edvin var på väg att dö och det fanns inte ett dugg hon kunde göra åt saken. Först satt hon med hans huvud i sitt knä men när den ena slemmiga handen efter den andra började treva över den skrovliga klipphyllans kant började hon skruva på sig. Skrämd och med ett lågt kvidande drog hon sig långsamt in mot klippans mitt. Ömt och med stor försiktighet makade

hon på Edvins kraftlösa kropp så att även jägaren kom
utom räckhåll för monstrens trevande händer. När det
grymtade och snörvlade som värst runt henne kunde hon
inte längre sitta stilla. Försiktigt lade hon ner gamlingens
huvud på stenen och reste sig upp för att få bättre överblick
över situationen. Hon kanske skulle ha låtit bli för när
vidden av deras bekymmer stod klart kunde hon helt enkelt
inte hantera det. Med ena handen om moderns halsband
och den andra om magen vek hon sig dubbel och skrek rakt
ut. Tårarna forsade över kinderna och hon skakade som i
kramp. Hennes sista hopp om räddning låg nu hos den
gäckande hjälten som räddat henne två gånger tidigare.
Fortfarande dubbelvikt men nu med båda händerna mot
magen skrek hon ut sin vånda:
— Hjälp oss, snälla! Jag vet att du finns där ute. Varför
hjälper du oss inte när vi behöver dig?
Maggis blick for skrämt från den ena virveln till den andra
och hon skakade av hysterisk gråt samtidigt som hon som
långsamt föll ner på knä. Ynkligt kved hon fortfarande:
— Var är du? Snälla hjälp oss.

Ett avlägset skrik ekade genom dimmans vita täcke och
studsade mellan bergssidorna runt dem. Jan ryckte till och
lyssnade innan han oroligt såg på Lisa. Även Lolu som nu
kommit i kapp spetsade öronen för att sedan morra ut i

dimman. Jan skakade argt på huvudet och muttrade surt:

– Det är inte Junior men om han är i den riktningen kommer han att få problem. Ett så förtvivlat skrik kommer att locka till sig vartenda troll som finns inom hörhåll.

Zion såg förvånat på Jan för att sedan vända blicken mot Joanne för att få en förklaring.

Hon fortsatte att stirra ut i dimman med bågen till hälften spänd men kände ändå hans frågande blick. Försiktigt släppte hon av på strängen och drog undan en blond lock som fallit ner framför ögonen. Utan att se på dvärgen svarade hon:

– Troll är rovdjur. Ett skrik från något som av ett rovdjur anses som byte lockar till sig fler rovdjur. Det är precis likadant med alla rovdjur. Hör en räv ett nödskrik från en hare kommer den att söka sig mot platsen där skriket kom ifrån. Troll gör precis likadant. Det är därför det är så viktigt att vara tyst när de fula bestarna är i närheten.

Lisa tog ett bestämt steg framåt så att hon hamnade bredvid Jan.

– Vi måste sätta fart. Håller du höger så håller jag vänster. Joanne täcker bakåt. Junior kommer att behöva vår hjälp och det snart.

Zion skuttad ivrigt som för att få deras uppmärksamhet.

– Jag håller koll på faror uppifrån, sa han och såg väldigt viktig ut samtidigt som han hotfullt hötte med sitt spjut.

När han sedan rusade i förväg lyste den blänkande spjutspetsen som en fyr över dimman i det tidiga gryningsljuset. Joanne kunde inte låta bli att le.

– Det är faktiskt bra att han har med sig den där tandpetaren. Satte vi en vimpel på den skulle den fungera som en sådan där orange flagga som småbarn har på sina cyklar. Vi vill ju inte tappa bort vår lille vän en sådan här natt.

Leendet lekte fortfarande i hennes ögon när hon åter spände strängen till hälften och vaksamt följde efter gruppen. Med vana rörelser backade hon och lät pilspetsen vandra från ena sidan till den andra.

Junior vände sig hastigt om när ett hysteriskt rop på hjälp skar genom dimman. Han satte Black på hasorna och vände ponnyn i en och samma rörelse. Black kände av sin husses oro och exploderade i vild galopp. De följde samma ås som tidigare men nu gick det i en hissnade fart. Efter bara någon kilometer brakade Black rakt in i ett mellanstort troll som blockerade deras väg. Ponnyn lade öronen bakåt och högg reflexmässigt mot besten. Med en svepande rörelse slog odjuret mot hästens huvud och de knivskarpa klorna skar genom dimman. Black svarade med att resa sig på bakbenen för att sedan slå med frambenen. Den tappra lilla ponnyn gjorde sitt bästa för att skydda husse mot det plötsligt uppdykande hotet. Junior lutade sig framåt och höll en hand på sadelhornet för att dra sitt svärd med den andra. Han lät Black uppehålla odjuret medan han väntade på en möjlighet att utdela ett dödande hugg. När ponnyn damp ner på alla fyra igen följde Junior med i rörelsen och körde in klingan i det dreglande odjurets slemmiga bröst. Med en blixtsnabb rörelse ryckte han sedan ut det innan trollet drog ihop sig. Kadavret efter besten låg fortfarande och gungade när Junior satte hälarna i ponnyns sidor. Black kastade sig återigen in i en vägvinnande galopp men den här gången gick det inte riktigt lika fort. Junior lutade sig över sin älskade väns nacke och klappade honom på halsen samtidigt som han lät svärdet glida ner i sin skida. Black styrde han med knän och röst. Han märkte aldrig att handsken som kärleksfullt smekte ponnyns hals färgades röd av skummande blod. Med blicken sökte han efter nya hot på åsen framför dem och han behövde inte se på hästen för att styra den. Ett ordlöst skrik skar ännu en gång genom dimman och den här gången kom ropet från någonstans alldeles i närheten. Junior satte sig upp och drog lätt i tyglarna vilket fick Black att först sakta ner till skritt för att sedan stanna. Junior blundade och satte upp ansiktet mot vinden. Små vibrationer slog mot hans ansikte från olika håll men rakt åt vänster verkade någon röra sig i ett oroligt mönster. Det var förvisso bortom hans visuella räckvidd men det verkade som om rörelserna tillhörde någonting annat än ett troll. Han vände sig om och kisade in i dimmans böljande slöjor. För en sekund tyckte han sig se en vag rörelse av något stort och blekt. En vedervärdig varelse som skymtade förbi innan den åter svaldes av dimman. Junior satte en pil på strängen innan han vände ponnyn för att rida ner från åsen. Black gjorde sitt bästa för att vara till lags men halvvägs genom vändningen vacklade han till och gick ner på knä. Först förstod inte Junior vad det var som hade hänt. Det var först när han oroligt sänkte blicken som han såg de ymnigt blödande skårorna längs hästens hals. Ångande varmt blod rann ner över bogen och färgade marken röd under dem. Med en djup suck lade sig ponnyn ner innan han efter några sekunder rullade över på sidan. Kraftlöst försökte han ta sig upp på fötter igen men han klarade helt enkelt inte av det. De stora mörka ögonen sökte Juniors ansikte och ponnyn verkade mer orolig för att husse såg så ledsen ut än för sina egna skador. Black gav upp sina försök att komma på benen och med hjälp av sina sista krafter sträckte han i stället sin mule mot Junior. Allt den tappra lille hästen orkade med var en sista ömt tröstande buff mot husses förtvivlade och tårstrimmade ansikte innan blodförlusten fick hans hjärta att stanna. Den rufsige lille ponnyns huvud föll långsamt ner i Juniors knä för att sedan bli helt stilla.

Junior stirrade som förhäxad på sin bästa vän. Han var förkrossad och helt oförmögen att ta in vad som just hänt. Black rörde sig inte och det tidigare så kraftiga blodflödet hade plötsligt avstannat. De kloka ögonen som brukade se på honom med värme och kärlek var nu tomma och den livliga själ som tidigare skymtat bakom dem var försvunnen. Junior lade försiktigt en hand på hästens hals och klappade den i en vag förhoppning om att Black skulle vakna. Hans blick grumlades av ofrånkomliga tårar då han slutligen insåg att hans bästa vän lämnat honom.

Ett nytt hjärtskärande skrik ljöd inifrån dimman och Junior släppte slutligen sin döda vän med blicken. En olycksbådande skugga drog hastigt över hans ansikte när blicken sökte sig ut i dimman. Hans bröst glödde av ett blint raseri och han tog ett djupt andetag innan han långsamt ställde sig upp. Utan att ens reflektera över sitt beslut lämnade han bågen vid sin döda vän och drog i stället sitt svärd. Efter viss tvekan plockade han upp hjälmen och spände den på sig. Med en smäll fällde han ner ögonskyddet innan han svepte drakskinnet framför ansiktet. När han var färdig sträckte han på sig och spände prövande armarna för att se så att rustningen inte tagit skada av fallet. Med beslutsamma steg och ett vilt flammande hat började han sedan gå åt det håll som skriket kommit ifrån. Han

hoppades att alla troll som fanns på höglandet skulle
komma i hans väg. De vedervärdiga odjuren hade nämligen
en dyr skuld att betala och nu tänkte han se till att de också
fick göra det.

Rosslande och med ett svagt grepp om Maggis korta ärm
Försökte Edvin förmå henne att ta hans pilbåge. Hon
skakade intensivt på huvudet samtidigt som hon
stammande förklarade att hon inte visste hur den skulle
användas. Med ett kvidande skrik hoppade hon framåt så
att hon nästan landade i knät på den döende gamle
trolljägaren. En stor hand hade klafsat ner precis bredvid
hennes ena fot. De knivskarpa klorna borrade sig in i sulan
på sandaletten och drog den med sig. Lyckligtvis hade den
suttit så löst att Maggi lyckats sparka av den. Om hon
överlevde så länge att solen hann gå upp och skingra
dimman kunde hon kanske klara sig. Då fick hon helt
enkelt ta sig ner från höglandet barfota. Det kunde bli nog
så besvärligt men i jämförelse med deras nuvarande
situation var det som en fis i en storm. Hon såg med förnyat
hopp på det ljusa band som visade att gryningen snart var
på väg. Med stor tvekan tog hon slutligen emot pilbågen
som Edvin fortfarande försökte truga på henne. Fundersamt
studerade hon vapnet samtidigt som hon ställde sig upp.
Maggis händer darrande när hon snyftande försökte få fast

pilens nock på strängen. Det tog sin lila tid men till slut
stod hon med pilen på stocken och försökte spänna vapnet.
Hennes ögon vidgades av förvåning samtidigt som hennes
ansikte blev allt rödare av ansträngning. Trots att hon tog i
av alla krafter lyckades hon bara spänna bågen några
centimeter. Med betydligt större respekt såg hon ner på den
rosslande gamle mannen. Han hade fått det att se så lätt ut.
Ett brak och en frustande häst fick henne att hoppa till för
att sedan återigen skrika av skräck och förtvivlan. I
dimman såg hon något som såg ut som en scen ur en
skuggteater. I det ljusa partiet som lystes upp av
gryningsljuset såg hon siluetten av en ryttare till häst. Vem
det än var så vände han sig åt hennes håll. Hon tappade
nästan bågen av chock när hon såg att hästen plötsligt föll
till marken. Maggi slutade nästan att andas då hon först
trodde att både hästen och dess ryttare blivit tagna av ett
troll. Till hennes stora lättnad reste sig ryttaren efter en
stund och rusade åt hennes håll. Han blev snabbt stor som
en jätte i dimmans förbryllande skuggvärld. Maggis hjärta
bankade om möjligt ännu hårdare när det gick upp för
henne att ryttaren mycket väl kunde vara hennes okände
hjälte. När hon för någon sekund lyckades slita blicken från
den springande gestalten och såg alla virvlar som krängde
runt ute i dimman sjönk hennes mod. Vart hon än såg
snurrade dimman runt i en förvirrande och skräckinjagande

dans. Det var först nu hon insåg att hjälten aldrig skulle kunna nå fram till henne. Risken var stor att ännu en modig man skulle komma att dö i dag. Allt bara för att hon varit dum nog att söka sig upp till höglandet igen. Hon såg ner på sina händer och ryckte till då hon upptäckte att hon fortfarande höll i både pil och båge. Med ökad beslutsamhet lyfte hon vapnet mot den närmaste virveln innan hon tog i av alla krafter. Hennes hjälte var helt enkelt tvungen att överleva och då var det bäst att hon försökte hjälpa till.

24. Klingornas dans

Den hade uppenbarat sig som från ingenstans. Junior hade haft för hög fart för att hinna väja innan han var alldeles inpå odjuret. I en sista desperat manöver kastade han sig in under den fula bestens illaluktande buk. När han gled över den glatta mossan tryckte han som i förbifarten in svärdet i odjurets sida för att sedan rulla över på rygg. Innan farten avtagit helt tryckte han ner hälarna i marken och fick på så sätt lite extra skjuts upp på benen igen. Bakom honom hade ytterligare ett troll dragit ihop sig. En smäll som fick Junior att se dubbelt träffade hjälmens taggiga bakstycke. Ännu en ful best hade ljudlöst dykt upp ur dimmans töcken. Utan att tveka lät han svärdet svepa runt i en vid båge. Klingan visslade genom dimman i riktning mot det nya hotet. Det var ett oerhört fult trollhuvud som likt en champagnekork hoppade upp i luften för att sedan studsande rulla undan. Den huvudlösa trollkroppen hade redan landat på marken och börjat förstenas. När han ögonblicket senare ställdes inför ett ovanligt stort troll tvekade han en kort sekund. Ett missfärgat mansansikte trycktes mot trollets bukskinn i en fruktansvärd grimas. Juniors första reaktion var att försöka sig på en räddningsaktion. Snabbt insåg han dock att det fanns ett par problem. Det första var att ansiktet redan var till hälften upplöst. Det andra att det befann sig inuti en trollmage. Det var en vedervärdig syn och Junior behövde inte ta en andra titt för att förstå att mannen redan var död. Det här dräglande odjuret hade nyligen ätit en människa. Junior tog ett djupt andetag och svalde för att få bort magsyran som sved i strupen. Utan att tveka svepte han sedan svärdet i en kort båge med sikte på trollets kladdiga bröstkorg. Besten var dock för snabb och slog med hjälp av sina långa klor undan klingan. Den andra labben slog ut mot Juniors ansikte och de rysliga klorna skrapade över ögonskyddet. Junior vände åt vänster och fintade en stöt innan han ännu en gång slängde sig ner på marken. För andra gången på mindre än en minut gled han ännu en gång in under en dallrande trollbuk. Ögonblicket senare drog trollet ihop sig, även detta stucket i sidan. Framför honom fräste redan ett annat odjur. Det frustade så att slem sprutade åt alla håll innan det vräkte sig mot honom och anföll. När Junior ögonblicket senare rusade vidare lämnade han även detta troll bakom sig. Med ett djupt sticksår i bröstet såg det nu mest ut som ett gungande stenblock. Junior stannade först när en stor svart klippa uppenbarade sig i dimman. Hasande steg och ynkliga snyftningar hördes från dess topp. Junior såg sig snabbt omkring och kunde konstatera att det fanns minst tre olika glastroll i hans direkta närhet. När ett av de gigantiska odjuren for ut mot honom hoppade han smidigt undan. Han var dock noga med att dra trollet närmare stenblocket varje gång han duckade för dess svingande labbar.

Rakbladsvassa klor skar revor i dimman precis ovanför hans huvud gång på gång men ändå avvaktade han med att hugga tillbaka. När den vidriga besten slutligen hade trängt in honom mot stenväggen hoppade han utan problem under dess famlande labbar och slog ut med svärdet. Hugget blixtrade i det svaga ljuset och påminde mest om en reptils snabba tunga. Det illaluktande odjuret hickade till och drog ihop sig alldeles invid stenblocket. Kadavret gav på så sätt Junior en perfekt pall för att snabbt kunna ta sig upp till klippblockets topp. Allt gick precis som han hade tänkt sig, tills det inte gjorde det längre. Med en förvånad min snubblade han på en liggande kropp uppe på stenens flata topp. Ett vackert om än något söndergråtet ansikte skymtade hastigt förbi när han huvudstupa föll över kanten och försvann ner på den andra sidan av stenen. Med en dov duns slog han i marken och blev för en sekund helt förvirrad. Han fick dock snabbt klart för sig att det inte fanns någon tid att vila. Ett glastroll anföll genast och fick faktiskt tag i honom innan han lyckades trycka svärdet genom dess bröst. För andra gången på mycket kort tid brakade han i marken. Den här gången för att trollet släppte sitt grepp när det dog. Ytterligare två odjur spärrade hans väg tillbaka till klippblocket. Junior parerade den första bestens utfall för att sedan slå ett svepande slag mot den andre. Ett trollhuvud hoppade som hastigast upp över dimman innan det med ett plask föll tillbaka ner i leran. Den andre lyckades få in en rungande träff i Juniors bröst och skickade in den unge hjälten i stenblockets skrovliga sida. Junior kippade efter andan samtidigt som han riktade svärdsspetsen mot trollets buk. Det korkade odjuret vräkte sig mot honom och spetsade på så sätt sig själv. Även detta troll låg snart som en stor kiselsten framför honom. När han för andra gången tog sig upp på klippan var han mer försiktig och lyckades med det ganska mediokra konststycket att inte ramla ner igen. Han stannade först vid kanten, men när en kladdig hand stäcktes upp mot honom högg han mot den utan att blinka. Maggi trodde i alla fall inte att han blinkade. Det var lite svårt att se då ena halvan av ansiktet täcktes av ett stålskydd och den andra av ett skinn.

Ett vedervärdigt fult huvud tittade plötsligt upp ur dimman och två gigantiska labbar tog tag i klippans kant. Det verkade som om det ovanligt stora trollet hade för avsikt att häva sig upp. Det fick dock inte en möjlighet att fullfölja sin plan. Juniors svärd blixtrade till och ännu ett blekt och till hälften genomskinligt kadaver började förstenas nere på marken.

Maggi försökte hinna med i vändningarna men utan att lyckas. En underbar virvelvind hade slagit sig fram till hennes gömställe och dödade nu allt som fanns i hennes närhet. Maggi var inte någon stor beundrare av Star Wars men som alla andra i hennes ålder hade hon sett den senaste filmen. Den här mystiske hjälten som hon så länge försökt få tag i var verkligen som hämtad ur filmens värld. Hon fick en känsla av att han, precis som filmhjältarna, skulle kunna stoppa en laserstråle med sitt svärd hur enkelt som helst. När han slog eller stötte gick det så fort att svärdet blev till ett suddigt och otydligt streck. Återigen såg hon ner på pilbågen i sin hand och skakade sedan på huvudet. Med en ömhet som hon inte ens visste att hon besatt stoppade hon försiktigt in vapnet under Edvins arm. Hon skulle inte kunna göra något för att hjälpa sin mystiske räddare. Han rörde sig med en så självklar säkerhet och slog till likt en kobra så fort ett odjur visade sig. Att Maggi skulle försöka hjälpa till kändes bara löjligt. Den här fantastiska mannen verkade kunna känna när odjuren skulle anfalla och agerade därefter. Maggi rycktes ur sina drömmar när han plötsligt talade till henne samtidigt som han fortsatte med att hålla odjuren borta.

  – Jag har en flaska vatten i bältet. Kan du ta loss den och se om du kan få i den gamle lite vätska?

Hon hade förvisso väckts ur sin förlamande skräck men

vågade ändå inte röra sig då rösten låtit spänd och hotfull bakom det fula ansiktsskyddet. När hjälten i svart för andra gången sa åt henne och dessutom hastigt visade var flaskan satt tog hon mod till sig. Med nervöst darrande fingrar fumlade hon med stålflaskans spänne. En upphetsad värme steg inom henne och fick kinderna att blossa. När hon slutligen fått loss flaskan ur fodralet dunkade hjärtat hårt och hon kände sig alldeles vimsig. Det var dock inte själva flaskan som orsakat hennes upphetsning utan det faktum att när hon trevat vid den hjältemodiga mannens bälte hade hon kommit att röra vid hans kropp. Han hade varit på helspänn och hon hade kunnat känna de välvda och synnerligen välutvecklade musklerna spela under läderkläderna. Hon kunde inte rå för att hennes fantasi hade gett henne angenäma, om än något opassande, bilder av hur han måste vara skapt. När hon åter sjönk ner bredvid Edvin och lutade flaskan mot hans läppar hade dock glöden redan falnat. Det var varken rätt tid eller plats för att bete sig som en kärlekskrank flickunge. Hennes uppgift var att ta hand om den gamle trolljägaren. Hon såg mot himlen i väster och överraskades av hur högt upp solen stigit. När hon sedan såg ner mot dimman syntes det tydligt att den redan hade börjat upplösas. Nu kunde hon se marken genom slöjorna.

– Tror du odjuren ger sig i väg när dimman lättar? Jag

menar, vi behöver få Edvin till sjukhus, och det snabbt.
Riddaren skulle precis svara när ett märkligt ljud skar
genom den glesnade dimman. Maggi, som hade svårt att
förstå vad det var för ohyggligt odjur som lät på det viset
bleknade. Ett högt skramlande oväsen som
ackompanjerades av ett dovt "hutt, hutt, hutt".
Ett hundratal meter från deras upphöjda klippa syntes en
vajande pinne som skar genom dimman. Både pinnen och
ljudet var på väg åt deras håll. Maggi fick en vision av en
ubåt med ett alldeles för långt periskop. Hon visste inte vad
det var för hemska otyg som nu hade uppenbarat sig men
hon hukade ofrivilligt bredvid den gamle trolljägaren och
tog ett stadigare tag i Edvins illaluktande skinnrock. Med
skrämd blick stirrade hon med vidöppna ögon på sin hjälte
för att se hur han skulle reagera. Den mystiske riddaren såg
åt samma håll men verkade inte tycka att det var något
konstigt med det som hände. Att han skulle visa rädsla hade
hon inte för ett ögonblick trott. Den mannen visste
förmodligen inte vad rädsla var. Drömskt drog hon en djup
längtansfull suck och klippte med ögonen när hon såg sin
hjältes blänkande rustning i det tidiga morgonljuset. Han
var så vacker där han stod. Hela hans kropp glittrade av
tusentals små daggdroppar som fångade solens första
strålar.

De hade med stora svårigheter lyckats ta sig ner till platsen
där de senast sett Junior. Jan hade dräpt ett troll och Lisa
två. Det kanske mest överraskande var att även Zion
lyckats med konststycket att sätta sitt spjut i ett troll. Den
kortväxta smedsdvärgen hade hela tiden försökt springa
först men då hans rock inte var sydd för en dvärg hade han
då och då trampat på nederdelen. Det resulterade varje
gång i att han trillade. När de var på väg nerför en brant
backe hade han ivrigt försökt ta sig in mellan Lisa och Jan
för att återta täten. I ett oförsiktigt steg hade han snubblat
och börjat tumla runt. I sin bylsiga trolljägarrustning fick
han snart upp en imponerande fart när han, likt en
skramlande boll rullade nerför sluttningen. När de andra
kom ner till backens slut satt Zion i gräset och rättade till
sin hjälm. Framför hans fötter låg ett trollkadaver och
gungade. Det långa spjutet satt fortfarande inbäddat i dess
sida. Jan hade senare vädrat sin misstanke om att den lille
mannen förmodligen lyckats döda trollet av en ren slump.
*"Förmodligen råkade det stå i vägen när han kom farande
och fick spjutet i sig av misstag".*
Smedsdvärgen däremot strålade av lycka och hade redan
börjat skryta om sin bravad. När Zion hade kommit så nära
att han kände igen Junior började han ivrigt att vinka. Han
ropade högt för att återigen beskriva sin vilda kamp med
trollet när han plötsligt häpet stannade. Förstummat såg han

sig omkring och kunde inte riktigt tro det hans ögon visade.
Marken runt det ensamma stenblocket var översållad av
stora kiselstenar. Han flackade med blicken mellan
"stenarna" och Junior innan han med respektfull röst
lyckades flämta fram:

– Vad i hela fridens namn är det egentligen som har hänt
här? Ingen kan ge sig på så här många troll och överleva.
När resten av gruppen kom inom synhåll stannade även de.
Jan skakade sakta på huvudet och ett leende lyste långsamt
upp hans bistra ansikte.

– Jag tyckte vi hade haft det tufft men, Herre Gud. Vi var
tydligen på en trevlig picknick i jämförelse med vad som
har hänt här. Har en pojke som inte anses vara tillräckligt
skicklig för att bli lärling gjort det här?
Han slog svepande ut med armen för att få med hela bilden
i sin beskrivning.
Lisa sa ingenting utan såg bara på omgivningen med
stigande förvåning. Hon tog in hela scenen med vidöppen
mun och stora ögon. Det tog en god stund innan hon hämtat
sig. Så småningom stängde hon munnen och gick försiktigt
fram för att se om Junior var skadad. När hon kom nära
kunde hon se att han förvisso inte verkade vara fysiskt
skadad men ändå syntes det tydligt att någonting var fel.
Hela hans uppenbarelse visade att något allvarligt hade
hänt. När hon ömt lade en hand på hans arm vände han sig

mot henne och brast omedelbart ut i förtvivlad gråt.

– Black är död. Mamma, han är död och det är mitt fel. Jag såg inte när det hände. Det var ett troll som… Jag märkte aldrig att… Han dog utan att jag kunde göra någonting.

Maggi kokade av svartsjuka, en vacker kvinna omfamnade hennes hjälte och strök honom tröstande över ryggen. Hon förstod ingenting av det som nu hände. Hade den man som hon så länge letat och längtat efter varit gift hela tiden? Att han kallat den här tjejen för mamma kunde hon inte ta på allvar. Den slående vackra kvinnan kunde omöjligt vara äldre än 25 år. Själv satt hon fortfarande bredvid den flämtande Edvin och försökte att göra det så bekvämt för honom som möjligt. En blond kvinna kom ut ur dimman tillsammans med en jättelik man. I svart läderrock översållad av stålplattor och med den fulaste huvudbonad som Maggi någonsin sett stod han och såg ut över landskapet. Dimman var försvunnen och solens värmande strålar smekte över hennes hud. Den blonda pekade mot åsen ett hundratal meter bort och sa med låg röst:

– Vad gör vi med Black? En hjälte som han kan inte bara få ligga och ruttna. Vi måste begrava honom.

Maggi höll på att trilla av klippblocket när Edvin plötsligt slog upp ögonen och satte sig upp. Hans blick flackade fram och tillbaka och han stönade plågat. Trots den smärta som genomfor hans kropp satte han sig upp och såg sig ivrigt omkring. Maggi tyckte sig se en hoppfull om än något desperat glimt i hans ögon. När hans blick slutligen föll på den blonda kvinnan vidgades hans ögon så att Maggi trodde att de skulle hoppa ut ur hans skalle.

– Prinsessan? väste han med överraskande värme i rösten. Joanne såg ut som hon fått en klubba i huvudet och hennes ögon fylldes omedelbart med tårar när hon chockat vände sig om. Hon hade just hört en röst som enligt all världens logik inte skulle kunna höras. Efter ett par sekunders tvekan tog hon ett steg mot klippan och frågade trevande:

– Morfar?

När den första chocken släppt tog hon sig i ett par språng upp på klippan och kastade sig ner bredvid den gamle mannen. Han lyfte sin darrande hand och stök henne varsamt över kinden där tårar nu fuktade huden.

– De påstod att du hade försvunnit när du var på uppdrag. Jag försökte hitta dig men militären verkade ha slarvat bort dig. Jag ville så gärn…

Han avbröts av en rosslande hostattack.

– Morfar, du lever. Jag förstår inte? Alla sa att du var död.

Hon kastade sig över den gamle trolljägaren och kramade honom hårt samtidigt som hon hulkade:

– Du lever, jag tror inte du förstår hur lycklig det gör mig. Jag har så mycket att berätta.

Edvin avbröt bryskt sitt barnbarn med orden:

– Då får du nog berätta fort prinsessan. Jag tror att jag håller på att dö och den här gången är det nog på riktigt. Åh, jag är så otroligt glad att jag fick den här chansen att se dig en sista gång. Så du är trolljägare nu?

Han sneglade bort mot Jan som stod och avvaktade ett par meter bort. En igenkännande glimt tändes i den gamle mannens ögon samtidigt som han log. Den bredaxlade svensken var välkänd inom byrån och något av en legend. Hans lilla flicka kunde ha fått en betydligt sämre lärare. Joanne hade svårt att inte skrika. Hon hade precis fått tillbaka sin älskade morfar bara för att han nu skulle dö ännu en gång. Hon bestämde sig för att säga det viktigaste först:

– Jag är än så länge bara lärling men Jan säger att jag är mogen att ta över ett eget distrikt om ett par år.

Gubben plirade när han såg upp mot Jan. En misstänksam glimt tändes i hans ögon när han synade den bredaxlade trolljägaren.

– Jag hoppas verkligen att ni två är gifta. Trolljägaryrket är ett ensamt liv och om två människor av olika kön ska leva under samma tak i 20 år brukar det hända saker.

Joanne visade upp sin vänsterhand där vigselringen blänkte

i solen.

– Inte bara det. Till hösten kommer du att få ett
barnbarnsbarn.

Gubben log först stort innan hans ansiktsuttryck
förändrades. Leendet slocknade och ersattes av ren
förvåning. En totalt överraskad Jan hade nämligen tagit ett
chockat steg bakåt vilket naturligtvis fick som resultat att
han föll av klippan. Ögonblicket senare slog han i marken
med ett brak. Om det var smällen efter fallet, eller den
oväntade nyheten som fick det att snurra i huvudet på
honom var nog lite oklart. Joanne hade nämligen "råkat
glömma" att berättat att han skulle bli pappa igen.

Epilog

Bilen var packad och det var dags att ge sig i väg. Maggi var på väg att kliva in men vände sig om och såg frånvarande ut över heden. Med ånger i hjärtat och tårfyllda ögon lutade hon sig mot bilens sida. Hon hade så gärna velat säga adjö till Junior innan hon lämnade Skottland. Enligt Jan var hon inte lämpad för livet som trolljägare men däremot kunde hennes sinne för siffror komma byrån väl till pass. Det var bestämt att hon skulle till Andalusien för att skolas i konsten att sköta räkenskaper och personalfrågor. Jan menade att hon skulle finna det svårt att leva sitt liv bland de trygga nu när hon visste att lita på sina ögon. Eller som han kärvt hade uttryckt det när de hade haft sitt lilla samtal, *"Du kommer snart att upptäcka att trygga är galna allihop. Åtminstone stadsborna, stadsbor är värst"*.

Maggi hade accepterat hans förklaringar men också oroat sig för sin pappa. Han hade för tillfället inget jobb och var dessutom fast i spritens bojor. Hon visste att han egentligen var en bra människa men att förlusten av hennes mamma tagit honom hårt. Hon hade berättat om sin oro när de alla suttit vid matbordet en sen kväll för tre dagar sedan. Problemet hade varit så stort att hon inte visste om hon skulle våga lämna honom ensam. Det visade sig att Zion med lätthet (och med användandet av visst våld) löste hennes problem redan nästa dag. Den kortväxta smedsdvärgen hade kanske inte löst det på ett sätt som Maggi hade föredragit men han hade faktiskt löst problem. Zion hade helt enkelt gått hem till Patrik och knackat på. När mannen öppnat dörren hade den lille smedsdvärgen klappat till honom rakt på, ja det där stället som en ganska kort smedsdvärg har lätt att sikta på när han står framför en normalstor man. Patrik hade först vikit sig dubbel för att sedan stöna högt. Effekten av slaget hade fått hans röst att gå upp i falsett och stönet övergick i ett ynkligt pipande innan han slutligen brakade ner på golvet. När han sedan kvidande legat och vridit sig hade Zion lugnt knallat fram till honom och sett honom djupt i ögonen.

– Patrik McGregor, för varje sup du tar från och med nu kommer du få en ny snyting på exakt samma ställe. Du har alltså två val, antingen lär du dig att stå emot spritsuget eller också lär du dig att stå ut med smärtan. Det första alternativet är nog att föredra. Jag behöver en nykter smed och du kommer att få mer jobb än du klarar av. Dessutom är det dags att du slutar ynka dig. Din fru är död och det är otroligt tragiskt men det är ingenting som det går att göra någonting åt. Du är fortfarande far till en dotter och den rollen är det banne mig dags för dig att axla.

Patrik hade med bakfyllevattniga ögon sett upp från golvet och grimaserat. Först hade han tvekat men kunde sedan inte låta bli att ynka sig:

– Min dotter är försvunnen. Förstår du hur usel far jag måste vara om jag inte ens vet vart min älskade dotter har tagit vägen. Det är dessutom mitt fel att hon är borta. Allt jag ville var att hon skulle bli bra men när jag bad sjukvården om hjälp tappade de bort henne.

Han snyftade ljudligt och dolde ansikte i händerna. Om vi ska vara helt sanningsenliga så dolde egentligen ansiktet med ena handen. Den andra höll fortfarande ett stadigt tag om det ömmande området mellan hans ben.

Den sorgliga historien om dotterns försvinnande imponerade inte det minsta på Zion.

– Om du är färdig med ditt gnäll kanske du kan klä på dig. Din dotter lämnar Skottland om ett par dagar för att påbörja en utbildning i Spanien. Jag tycker att du ska önska henne lycka till innan hon åker.

Även om Zions lösning inte varit helt problemfri så hade avskedet blivit perfekt. När Maggi kramat sin pappa och försäkrat att hon inte var arg för att han angivit henne hade hans kinder blivit våta av lättnandes tårar. Patrik skulle aldrig förstå för vem han jobbade men som Zion hade sagt så skulle stålarbetena på jägarnas utrustning bli mycket vackrare nu när byrån anlitat en riktig finsmed.

Junior hade sörjt sin ponny som om han förlorat en älskad familjemedlem. Maggi hade till viss del hjälpt honom genom den värsta sorgen men den största hjälpen hade överraskande nog kommit från Zion. Smedsdvärgen hade redan förra gången han varit på besök insett att Black börjat bli för liten för Junior. När han kommit den där ödesdigra dagen då dimman drog in och täckte hela höglandet hade han haft en ny häst med sig. En brun Andalusier med lång svart man och svans. Stolt hade han visat upp djuret innan han i en gest av gränslös generositet räckt grimskaftet till Junior.

– Det är en andalusisk hingst på tre år. Även om mongoliska ponnyer klarar av jobbet så är ändå en andalusier att föredra för en vuxen jägare. Visste du förresten att det är byrån som tagit fram den andalusiska rasen?

Juniors ögon hade vidgats då han sett den vackra hästen. Med viss tvekan, som om han på något sätt skulle vara otrogen mot Black om han lärde sig att älska den nya hästen lade han försiktigt en hand på dess mjuka mule.

– Jag ska kalla honom Grey, sa han med något grötig röst.

Zion hade sett på honom med en fundersam rynka mellan ögonen.

– Grey, varför då? Jag menar, det finns inte ett grått
hårstrå på den här hingsten.
Junior hade lett ett aningen sorgset leende när han svarat:
– Black hade alla färger i sin päls, utom just svart. Då är
det bara passande att den här hästen får heta Grey.
Han hade haft fullt sjå med den nya hästen och arbetet med
att vänja den för arbetet uppe på heden hade hjälpt honom
att komma över sin sorg. Black skulle alltid ha en särskild
plats i hans hjärta men den förlamande hopplösheten som
kommit över honom efter ponnyns död hade äntligen
släppt.

Junior hade nästan blivit sig själv igen och kunde till och
med le ibland. Det tog dock raskt slut när Maggi berättade
att hon skulle flytta. Junior hade gjort ett klumpigt försökt
att få henne att stanna genom att fråga om hon inte kunde
lära sig det hon behövde i den lokala skolan. Då hade hon
blivit arg och bannat honom som om han varit ett litet barn.
Det hade dessutom blivit ännu värre när han till slut tog
mod till sig och frågade om hon kunde tänka sig att bli hans
flickvän. Först hade hon bara skrattat, sedan krossat hon
hans hjärta.
– Du förstår väl att vi aldrig kommer att bli ihop? Jag ser
dig som min vän, inte som min pojkvän. En kvinna i min
ålder behöver en man som är lite äldre. Du är helt enkelt för

ung för mig. Jag skulle aldrig kunna vara ihop med ett barn. Man skulle ju kunna tycka att det var ett något överdrivet uttalande av en fjortonårig flicka. Särskilt som Junior bara är fyra månader yngre.

Det hade hur som helst varit en riktig kalldusch för den kärlekskranka ynglingen. Nu när hon skulle lämna Skottland hade han tagit Grey och gett sig av.

Joanne var lycklig. De var nu en hel liten familj i stugan. Sju månader efter den märkliga natten uppe på heden hade hon fött en liten son. Dessutom hade hon givits en möjlighet som få förunnades, hon hade fått ynnesten att berätta för sin älskade morfar hur mycket han betytt för henne. Som en extra bonus hade hon dessutom hunnit berätta att han skulle få ett barnbarnsbarn. Hon hade levt i övertygelsen om att han varit död i över 20 år så att plötsligt få en möjlighet att prata med honom igen hade varit ett sällsynt privilegium. Sorgen över den gamle kämpens död hade lättats av glädjen att få ta ett sista farväl. Edvin hade så småningom avlidit där uppe på heden och enligt hans egen önskan hade de begravt honom uppe på höglandet. Joanne log för sig själv och skakade sakta på huvudet när hon tänkte på hans egna ord om saken. *"Äsch, gräv ner mig tillsammans med hästen. Då kan vi hålla varandra sällskap"*.

Hon vaggade den lille som sov i hennes famn samtidigt
som hon kärleksfullt viskade:

– Edvin min älskade son, du har fått ett vackert namn
efter en mycket modig man.

Båten lämnade Aberdeens hamn sent på eftermiddagen och
stävade nu mot franska kusten. I aktern stod Maggi och såg
med tårblanka ögon in mot land. En oro för allt det nya
blandades med nyfiken förväntan. Hon gladdes åt att få
komma till skolan för vidsynta men sörjde samtidigt att
Junior inte följt med för att vinka av henne. Den
hjältemodiga lilla pojken hade blivit så otroligt besviken
när hon raskt avvisat hans tafatta försök att få henne till sin
flickvän. Hon hade inte kunnat låta bli att skratta när han
förklarat sin kärlek för henne. Det skulle helt enkelt inte ha
fungerat. Han var förvisso väldigt modig och oerhört snäll.
Dessutom såg han väldigt bra ut, men han var alldeles för
ung för en henne. Junior hade upprepade gånger räddat
hennes liv men det räckte helt enkelt inte. Hon kunde inte
riktigt säga hur hon kände för honom. Han var hennes vän,
det var allt. Dessutom kunde hon inte ha någon pojkvän
just nu för då fanns det en risk att hon inte skulle vilja
lämna Skottland. Hennes liv var på väg att ta en ny
spännande vändning och det fick inte störas av att en pojke,
som dessutom var mycket yngre än hennes själv, ville

något annat. När hon kom tillbaka till sommaren hade hon kanske fått ordning på sina tankar och känslor. Då skulle hon förklara allt och få honom att förstå. Det var ändå en stor sorg för henne att han inte stod där på kajen.

– Den dumma pojken förstår nog inte hur jag känner för honom och det kommer han heller aldrig att göra. Åh, om han bara varit som den man som jag tyckte mig se den där första gången. En vuxen man på en svart häst. Då hade allt varit så mycket lättare. Varför är han tvungen att vara så ung? mumlade hon för sig själv.

En man med stökigt hår och glest skägg vandrade planlöst längs hamnpromenadens kullerstensbelagda gångväg. Den unge mannen var låtskrivare och artist men han hade ännu inte lyckats att få till någon internationell hit. Han behövde en låt som tog sig in i lyssnarnas hjärta och rörde upp känslor. En sång som alla kunde relatera till var precis vad han behövde för att nå sina drömmars mål. Ville man att hela världen skulle lyssna så var det vad som krävdes. I flera år hade han skrivit musik och nu försökte han finna inspiration till sin nästa låt. I ett desperat försök till att hitta det där extra hade han bestämt sig för att åka till Europa. Först hade han besökt Nederländerna från vilket han härstammade men där hade det inte gått som han hade hoppats. I sina förfäders gamla land hade han inte funnit

det hans sökte. Nu hade han åkt vidare och via England
kommit till Skottland. Aberdeen, där han nu befann sig,
hade varit en minst lika stor besvikelse som alla de andra
platserna. Han kunde helt enkelt inte hitta den där speciella
känslan. Förvisso visste han inte riktigt vad det var han
letade efter men han kunde trots det inte sluta att söka.
Wally ville hitta det där speciella som kunde få en låt att
lyfta till höjder som han än så länge bara kunnat drömma
om. Försjunken i dystra tankar märkte han först varken
pojken eller hästen. Det var när han kände en vass lukt av
djur som han stannade och såg upp. Ett tjugotal meter bort
stod en ung pojke och höll i en häst. Som en dyster staty
stod han och stirrade efter en båt som långsamt stävade ut
mot öppet hav. Pojken stod till hälften dolda av buskage
och såg väldigt malplacerade ut i hamnen. Wally stannade
och såg på honom, bitterhet och en konstig känsla av
sorgsen ensamhet låg som en mörk aura runt ynglingen.
Det var en pojke i de yngre tonåren och han såg oerhört
bedrövad ut där han stod. Wally kunde inte förstå hur en så
bredaxlad ung gosse kunde se så sårbar ut. Det var som om
han blivit hypnotiserad då han inte kunde göra annat än att
försiktigt närma sig. Han höjde rösten och vinkade för att få
pojkens uppmärksamhet. Han pekade ut mot båten men rös
när han såg sorgen i pojkens blick. Efter en sekund tog han
dock sats och frågade:

– Ursäkta mig, men jag kunde inte låta bli att se hur du håller blicken fäst vid den där båten. Har du möjligen en flickvän eller någon annan som du håller kär ombord?

Pojken svarade med en röst som dröp av bitterhet utan att för en sekund ta ögonen från den allt mindre båten:

– Hon är inte min flickvän. Det fanns en tid när jag hoppades att hon skulle bli det men, nej. Hon tycker att jag är för ung för henne.

Med en ironisk glimt i de himmelsblå ögonen fortsatte han:

– Hon är fyra månader äldre än mig. Som jag sa, jag hade hoppats att det skulle vara min flickvän som var ombord på den där båten men så är det inte.

Hjärtat brast nästan i bröstet på Wally och ofrånkomliga tårar fuktade hans ögon när pojken såg efter båten och sa, mer för sig själv än till Wally:

– Jag älskade dig Maggi, men nu är du bara någon som jag en gång kände.

Då Wally var från Australien och Junior från Skottland pratade de naturligtvis på engelska med varandra. Den exakta ordalydelsen av det sista Junior sa lät därför så här, *"Now you're just somebody that I used to know"*.

Wally tappade andan när han hörde den hjärtekrossande sorgen och bitterheten i det ärliga i svaret. Vemodet i pojkens röst träffade honom som ett hammarslag rakt i hjärtat. Han smakade prövande på orden och nickade sedan

266

gillande åt sin slutsats. Han förstod instinktivt att han
äntligen funnit det han sökte. Wally ändrade mycket lite i
vad pojken sagt och gjorde sitt bästa för att behålla hans
hopplöshet i rösten när han sjöng in texten. Låten släpptes
redan till hösten samma år. Den blev en världshit.

P.S. Den här berättelsen om en enastående ynglings första
år är enbart skriven för personal inom byrån för ovanliga
händelser. Skulle någon trygg råka läsa det här är det
naturligtvis bara en saga. D.S.